Frédéric Soulié, Alexandre Lacauchie, H. Faxardo

Diane de Chivri

Antigonos

Frédéric Soulié, Alexandre Lacauchie, H. Faxardo

Diane de Chivri

Réimpression inchangée de l'édition originale de 1839.

1ère édition 2024 | ISBN: 978-3-38605-709-7

Antigonos Verlag est une marque de Outlook Verlagsgesellschaft mbH.

Verlag (Éditeur): Outlook Verlag GmbH, Zeilweg 44, 60439 Frankfurt, Deutschland
Vertretungsberechtigt (Représentant autorisé): E. Roepke, Zeilweg 44, 60439 Frankfurt, Deutschland
Druck (Imprimerie): Libri Plureos GmbH, Friedensallee 273, 22763 Hamburg, Deutschland

DIANE DE CHIVRI,

DRAME EN CINQ ACTES,

par M. Frédéric Soulié,

..EPRÉSENTÉ, POUR LA PREMIÈRE FOIS, A PARIS, SUR LE THÉATRE DE LA RENAISSANCE (SALLE VENTADO.
LE 9 FÉVRIER 1839.

PERSONNAGES.	ACTEURS.	PERSONNAGES.	ACTEURS.
LÉONARD ASTHON, ancien officier de la garde royale.	M. GUYON.	DE VIGNEUL, ami de Léonard. . .	M. DAUDÉE.
M DE CHIVRI, pair de France. . .	M. ALEXANDRE.	LE PROCUREUR DU ROI.	M. FELGINE.
GEORGES, fils de M. de Chivri. .	M. LANGEVAL.	LE PRÉSIDENT DE LA COUR. . .	M. ALBERT.
PHILIPPE, fils de M. de Chivri. .	M. GUSTAVE.	LOUIS, vieux domestique d'Asthon. .	M. FRESNE.
MARTIAL, fils de M. de Chivri. .	Mme MAREUIL.	Mme DE KERMIC, belle-mère de M. de Chivri.	Mme MOUTIN
VALÉRIEN, garde-chasse	M. HIELLARD.	DIANE DE CHIVRI, fille de M. de Chivri.	Mme ALBERT.
DE LASCY, ami de Léonard.	M. HENRI.	MARTHE, femme de charge.	Mme LEBEL.
DELAUNAY, ami de Georges de Chivry, capitaine de cavalerie.	M. BAULIEU.	JUGES, JURÉS, DOMESTIQUES.	

La scène se passe dans le château de Mme de Kermic, près d'Ancenis, aux deux premiers actes. Au troisième acte, dans le château d'Asthon. Aux quatrième et cinquième actes, à Nantes.

Les personnages sont inscrits dans l'ordre qu'ils occupent à la scène, et tous les changemens de position sont indiqués.

ACTE PREMIER.

Un salon de rez-de-chaussée. Porte et fenêtres au fond. A droite de l'acteur, porte au deuxième plan. Cheminée sur le devant. A gauche, petite porte non apparente sur le devant.

SCENE PREMIERE.

MARTHE, VALÉRIEN.

Au lever du rideau, Marthe est devant la cheminée, elle vient d'arranger le feu, et balaie avec un petit balai les cendres. Valérien entre par la petite porte de gauche;

il est en costume de garde-chasse, par-dessus lequel il porte une roulière toute mouillée; ses guêtres de cuir sont couvertes de boue. Deux lampes pareilles sur la cheminée éclairent le salon.

MARTHE, *rangeant quelques objets sur une table.*
On voit bien que ce petit démon de M. Martial

est au château, tout est sens dessus dessous dans le salon. Heureusement que ses vacances sont finies, et qu'il retourne demain à Paris. (*Elle entend ouvrir la porte.*) Qu'est-ce que c'est que ça ?

VALÉRIEN, *entrant.*

C'est moi, c'est moi, madame Marthe, n'ayez pas peur.

MARTHE.

Vous !... dans quel état, mon Dieu !... mouillé, rotté...

VALÉRIEN.

On est comme on peut, madame Marthe; la pluie ne choisit pas où elle tombe, et je n'ai pas trouvé de décrotteur dans la forêt pour faire cirer mes souliers.

MARTHE.

Que venez-vous chercher ici ?

VALÉRIEN.

J'y viens chercher Mme la marquise... voilà tout.

MARTHE.

Elle est en train de souper avec M. Martial et Mlle Diane ; ainsi, vous pouvez vous en retourner.

VALÉRIEN, *défaisant sa roulière.*

En ce cas, je vais l'attendre.

MARTHE.

Ici, dans le salon ?

VALÉRIEN.

Ici, dans le salon.

Il approche un fauteuil du feu et y étend sa roulière.

MARTHE, *allant vers le feu.*

Ah çà !... est-ce que vous allez mettre votre manteau tout mouillé sur ce fauteuil ?

VALÉRIEN, *empêchant Marthe d'enlever son manteau.*

Eh bien, avez-vous peur que ça l'enrhume, votre fauteuil ?

MARTHE, *avec colère.*

Décidément, est-ce que vous comptez attendre ici Mme la marquise ?

VALÉRIEN.

Décidément.

MARTHE.

Vous ne ferez pas de vieux os dans la maison, monsieur le nouveau venu ; Mme la marquise n'aime pas ces libertés-là, je vous en préviens ; et si j'allais lui dire que vous êtes installé ici...

VALÉRIEN, *allant s'asseoir devant le feu.*

Probablement elle vous en remercierait, car j'y suis par son ordre.

MARTHE, *à part, sur le devant de la scène.*

Par son ordre... Je ne sais pas ce que ce mauvais garnement a fait ; mais Mme de Kermic l'a pris plus en amitié, depuis trois jours qu'il est au château, que nous tous qui la servons fidèlement depuis quarante ans.(*Elle se retourne et voit Valérien installé devant le feu.*) Eh bien, ne voilà-t-il pas maintenant qu'il se chauffe au feu de Mme la marquise !

VALÉRIEN.

Est-ce que ça le salit, son feu ?

MARTHE.

Celui de la cuisine est assez bon pour vous.

VALÉRIEN, *se levant et offrant une prise à Marthe.*

Je crois même qu'il est meilleur. Madame Marthe, vous savez aussi bien que moi que ce ne sont pas toujours les maîtres qui ont la bonne part dans les maisons.

MARTHE.

Oui, dans les maisons comme celle dont vous sortez ; dans une maison comme celle de M. Furières, un jeune libertin qui a mangé sa fortune au jeu.

VALÉRIEN.

Et ailleurs.

MARTHE.

Et qui, poursuivi par ses créanciers, a été obligé de se retirer ici dans la Bretagne, et de se cacher comme un voleur dans le dernier domaine qui lui reste d'une immense fortune que lui avait laissée son père.

VALÉRIEN, *riant.*

Que voulez-vous, madame Marthe ? il faut que jeunesse se passe.

MARTHE.

Quelle horreur !... Mais ce que vous me dites là ne m'étonne pas, et le proverbe est vrai qui dit : Tel maître, tel valet.

VALÉRIEN.

En tout cas, s'il est vrai pour les hommes, il ne l'est guère pour les femmes, car notre maîtresse Mme de Kermic est la bonté en personne... et vous...

MARTHE.

Eh bien, moi...

VALÉRIEN, *d'un ton doucereux.*

Tenez, ne nous fâchons pas, je ne suis pas si méchant que vous en avez l'air.

MARTHE.

Hein ! qu'est-ce qu'il dit ?

VALÉRIEN.

Et vous seriez bien aimable d'aller dire à Mme de Kermic que je suis ici.

MARTHE.

Vous pouvez bien aller vous annoncer vous-même ; quand on s'asseoit dans le salon, on peut bien entrer dans la salle à manger.

VALÉRIEN.

C'est que dans la salle à manger il y a M. Martial et Mlle Diane, et que c'est en secret que je veux voir Mme la marquise.

MARTHE, *l'imitant.*

Ah ! c'est en secret que vous voulez voir Mme la marquise ?

VALÉRIEN, *jouant l'humilité.*

Ou, si vous l'aimez mieux, c'est en secret qu'elle veut me voir.

MARTHE.

Peste! vous êtes bien heureux !... voilà quarante ans que je suis au service de madame, et il n'y a jamais eu de secret entre elle et moi ; mais enfin c'est comme ça, tout nouveau, tout beau, on apprend à tout âge ; les domestiques de trois jours ont la confiance des maîtres, et les garde-chasse attendent dans les salons.

VALÉRIEN.

C'est que par le temps qui court, madame Marthe, un garde-chasse qui ne craint pas un coup de fusil est peut-être plus utile que la meilleure femme de charge à la sûreté d'une maison comme celle-ci.

MARTHE.

Que dites-vous là, monsieur Valérien ?

VALÉRIEN.

Je dis que nous sommes dans un pays où on se battait il n'y a pas encore un mois, et qu'il ne manque pas dans les bois qui entourent le château, de mauvais garnemens très-disposés à venir ici demander à souper et à coucher.

MARTHE, *d'un air très-alarmé.*

Ah ! mon Dieu, mon Dieu ! ce malheureux pays ne sera donc jamais tranquille, et ce que j'ai déjà vu une fois, le verrai-je donc encore ?

VALÉRIEN.

Qu'avez-vous donc vu de si terrible, madame Marthe ? vous en tremblez rien qu'en en parlant.

MARTHE.

Il y a pourtant bien, bien long-temps de cela ; mais vous êtes un blanc-bec, vous ne pouvez avoir connaissance de ça.

VALÉRIEN.

Blanc-bec de trente-six ans.

MARTHE.

Eh bien, il y en a trente-huit ; nous sommes en 1832, n'est-ce pas ?

VALÉRIEN.

19 octobre 1832.

MARTHE.

En ce cas, j'ai raison, il y a juste trente-huit ans que ce château où nous sommes maintenant fut envahi par les républicains ; une douzaine de gentilshommes y avaient cherché un asile après la bataille d'Ancenis : ils se défendirent seuls pendant plus de six heures contre un bataillon entier, se barricadèrent d'étage en étage, de chambre en chambre : c'est là que fut tué M. de Kermic, le mari de madame, ses deux frères, le vieux M. Asthon, le grand-père de celui qui commandait dernièrement les Vendéens.

VALÉRIEN.

Et qui est caché dans le pays, à ce qu'on dit.

MARTHE.

Oui, sur douze qu'ils étaient, un seul échappa.

VALÉRIEN.

Et lequel ?

MARTHE.

M. de Chivri, que la fille de Mme la marquise parvint à cacher dans sa chambre.

VALÉRIEN.

Et quel est ce M. de Chivri ?

MARTHE.

Eh bien, le père de M. Martial et de Mlle Diane, M. le comte de Chivri, qui, après avoir échappé à ce massacre, passa cinq ans en Angleterre, et qui à son retour épousa Mlle de Kermic, la fille de notre maîtresse.

VALÉRIEN.

Et M. Martial, Mlle Diane, sont les enfans de ce mariage ?

MARTHE.

Avec M. Georges et M. Philippe, les deux aînés de la famille.

VALÉRIEN.

Les deux aînés ? d'ordinaire, il n'y en a qu'un.

MARTHE.

On les appelle comme ça, parce qu'ils sont de beaucoup plus âgés que M. Martial et Mlle Diane. Si je me souviens bien, M. Georges est né en 1802, et M. Philippe en 1803.

VALÉRIEN.

Ça leur fait une trentaine d'années à chacun, si je sais compter.

MARTHE.

Précisément ; tandis que M. Martial n'est venu au monde qu'en 1814.

VALÉRIEN.

Ce qui lui fait dix-huit ans... et, ma foi, c'est tout au plus s'il a l'air d'en avoir quinze, tant il est petit et faible : on dirait d'une femme habillée en homme. Et Mlle Diane ?

MARTHE, *tristement.*

Oh ! celle-là, ce fut un triste jour que celui où elle naquit.

VALÉRIEN.

Je comprends ; car il paraît qu'elle est née aveugle.

MARTHE.

Oui, elle est née aveugle, et sa mère est morte le jour où elle est née.

VALÉRIEN.

Et c'est sans doute pour cela que Mme de Kermic l'a gardée près d'elle ?

MARTHE.

Il l'a bien fallu ; M. de Chivry, son père, habitait toujours Paris ; et d'ailleurs, ce n'était pas un homme à s'occuper d'une pauvre enfant malade.

VALÉRIEN.

Est-ce qu'il n'aime pas ses enfans ?

MARTHE.

Lui ! oh ! que si qu'il les aime, mais comme un bon père doit les aimer ; il ne leur eût jamais pardonné une faute contre l'honneur

VALÉRIEN.

Quelle tendresse !

MARTHE.

Aussi en a-t-il fait d'honnêtes gens. S'il avait eu un fils comme votre M. de Furières, il lui aurait fait sauter la cervelle... Ah ! c'est que le nom de Chivry est un nom dont il n'y a rien à dire.

VALÉRIEN, *à part.*

Elle en veut bien à M. de Furières. (*Haut.*) Donc M. de Chivri n'a pas élevé Mlle Diane ?

MARTHE.

Non ; sa grand'mère a demandé à son père de la lui laisser, et depuis dix-sept ans elle est la seule compagnie de Mme de Kermic.

VALÉRIEN.

La première fois que je l'ai vue, je ne me serais jamais douté qu'elle fût aveugle! elle a de si beaux yeux... si expressifs... qu'on dirait qu'elle vous regarde comme si elle pouvait vous voir.

MARTHE.

Vous n'êtes pas le seul à qui ça fait cet effet-là.

VALÉRIEN.

Et puis, c'est qu'elle va et vient dans la maison comme si de rien n'était.

MARTHE.

Songez donc qu'il y a dix-sept ans qu'elle l'habite.

VALÉRIEN.

Elle n'est donc jamais allée chez son père ?...

MARTHE.

Jamais.

VALÉRIEN.

Et M. de Chivry et ses fils ne viennent-ils jamais en Bretagne ?

MARTHE.

De loin en loin et pour quelques jours seulement : M. de Chivry est pair de France; M. Georges, le fils aîné, est militaire, et le second, M. Philippe, a une place à Paris; il n'y a que M. Martial qui vient ici tous les ans passer ses vacances; et c'est toujours un ou deux mois de distraction pour madame et mademoiselle... mais demain le château sera bien triste, car son temps est fini, et il retourne à Paris.

VALÉRIEN.

Tant mieux ! car c'est bien le plus enragé petit bonhomme que je connaisse; toujours un fleuret ou un fusil à la main, et adroit malgré son air mièvre... mais surtout curieux... Quand on le croit à cent lieues, il vous tombe sur les bras !

MARTHE.

Et c'est ce qui va vous arriver encore si vous restez là à babiller, car il me semble qu'on se lève de table, et comme je n'ai pas le droit d'attendre dans le salon, moi, je vous laisse.

Elle sort.

SCENE II.

VALÉRIEN, seul.

Et elle fait bien; car elle pourrait nous gêner. (*Réfléchissant.*) Je me suis embarqué là dans une entreprise bien hasardée... M. de Furières, mon ancien maître, traqué par tous les huissiers du pays, m'a promis vingt-cinq louis, si je pouvais parvenir à le cacher pendant quinze jours seulement... je veux que le diable m'emporte si jamais j'aurais trouvé de moi-même le moyen de gagner cet argent ! mais il me semble qu'il y a un Dieu pour les mauvais sujets, et je ne pensais guère ce matin, lorsque j'ai rencontré dans la forêt ce pauvre diable qui se cachait dans un taillis, qu'il me fournirait sans s'en douter, ni moi non plus, le moyen de sauver M. de Furières. Qui diable aussi se serait imaginé que madame la marquise prendrait feu comme ça; car c'est bien par hasard que je lui en ai parlé... Je sais bien qu'au fond de l'ame elle est pour les chouans et les autres... Chacun est le maître de ses opinions... mais offrir sa maison au premier venu qu'elle suppose être un proscrit, ce n'est plus de l'opinion, ça... Mais je l'entends qui revient avec M. Martial et Mlle Diane. Je vas attendre que les enfans soient partis, et alors comme alors... ce sera l'affaire de M. de Furières.

Il sort à gauche.

SCENE III.

DIANE, Mme DEKERMIC, MARTIAL, *entrant par la porte de droite.*

Mme DE KERMIC.

Martial, il est tard, il faut aller te reposer... n'oublie pas que tu pars demain matin à quatre heures.

MARTIAL.

C'est parce que je ne l'oublie pas que je reste. Songez donc que je n'ai plus que quelques heures à passer au château... et si vous étiez bien bonne, grand'mère, je veillerais avec vous et Diane jusqu'à l'heure de mon départ.

Mme DE KERMIC.

Passer une nuit quand tu as près de cent lieues à faire... à ton âge, faible comme tu es; je n'y consentirai pas.

MARTIAL.

C'est ça... mon âge... faible comme je suis; on n'a jamais d'autre raison à m'opposer.... quand je veux faire comme tout le monde, monter à cheval ou aller à la chasse... Passer une nuit... voilà quelque chose de bien extraordinaire... j'en ai passé plus d'une au bal.

DIANE.

Au bal ! toi ! et qu'y fais-tu ?

MARTIAL.

Ce que j'y ai fait... toute la nuit j'ai dansé avec les plus jolies femmes... c'est si charmant une femme qui vous regarde doucement en dansant... Oh ! j'étais amoureux de toutes.

DIANE.

Amoureux !... toi ? ce doit être drôle !

MARTIAL.

Oui, moi... et puis, il fallait voir à souper !... j'ai bu du Champagne avec des gaillards !... j'en ai bu... j'en ai bu. . enfin, je me suis amusé comme un homme doit s'amuser.

Mme DE KERMIC.

Et comme on ne s'amuse pas ici.[*]

MARTIAL.

Ça, c'est vrai.

DIANE.

Et comme tu retournes à Paris, il faut être bien sage ici pour pouvoir aller encore au bal et danser avec les jolies femmes.

Pendant ce temps on entend le vent siffler. Mme de Kermic s'approche d'une fenêtre et écoute.

[*] Diane, Martial, Mme de Kermic

MARTIAL.

Dont pas une n'est si jolie que toi.

DIANE.

Tu voudrais me le persuader.

MARTIAL.

Parce que c'est la vérité.

DIANE.

Parce que tu es un flatteur, Martial; (*bas*) mais faut obéir à notre bonne mère et aller te coucher.

MARTIAL.

Je ne te reverrai donc plus, car je pars demain matin à quatre heures.

Orage progressif.

DIANE.

Je serai levée pour te dire adieu.

MARTIAL

Te lever avant le jour?

DIANE.

Est-ce que j'ai besoin de l'attendre? est-ce que le jour commence pour moi?

Elle va s'asseoir.

Mme DE KERMIC, *écoutant l'orage.*

Quel temps! quel temps!

MARTIAL.

Temps affreux pendant lequel je jure bien qu'il me sera impossible de dormir. (*Il prend un siége.*) Ainsi, si vous voulez bien le permettre, je vais m'asseoir là.

Mme DE KERMIC.

Il me semble, Martial, que je vous avais prié de vous retirer.

MARTIAL.

Mais, ma mère...

Mme DE KERMIC, *sévèrement.*

Maintenant, je vous l'ordonne, rentrez dans votre chambre.

MARTIAL.

Mais, ma mère, c'est m'envoyer au lit comme un enfant.

Mme DE KERMIC.

Il faut bien vous traiter comme un enfant, puisque vous n'avez pas encore assez de bon sens pour comprendre, sans qu'on vous le dise formellement, que votre présence est de trop.

MARTIAL.

Mais qu'avez-vous donc à dire de si secret?

Mme DE KERMIC, *sévèrement.*

Mon fils...

DIANE.

Ah! ma mère, pardonnez-lui. (*A Martial.*) Allons, Martial, va, je t'en prie.

MARTIAL.

Oui, je m'en vais. (*A part.*) Elle me le paiera. (*Haut avec affectation.*) Je vais me coucher... au fait, je me sens fatigué et je dormirai très-bien, pourvu que je ne rêve pas brigands ou Léonard Asthon.*

Mme DE KERMIC.

Léonard Asthon!... que voulez-vous dire?

* Diane, Mme de Kermic, Martial.

DIANE.

Ah! Martial, ce n'est pas bien.

MARTIAL.

Vous savez, grand'mère, quand on entend toujours parler d'une chose, malgré soi, on en rêve; et comme le beau Léonard Asthon est le sujet ordinaire de l'admiration du château...

Mme DE KERMIC.

Il serait heureux pour vous de lui ressembler.

MARTIAL.

C'est vrai... j'aurais cinq pieds six pouces, des pistolets à ma ceinture comme un chef de bandits, un grand sabre, une cocarde blanche, des airs de matamore, de grosses moustaches.

Mme DE KERMIC, *vivement.*

Je ne puis vous dire si le portrait est ressemblant, car je n'ai jamais vu M. Asthon; mais ce que vous auriez certainement, Martial, c'est un noble cœur, une fidélité à toute épreuve pour le malheur; ce que vous auriez surtout, c'est le respect pour la vieillesse, qui vous manque.

MARTIAL.

Oh! grand'mère... moi, vous avoir manqué de respect... je ne l'ai pas voulu... vous ne le pouvez croire.

Mme DE KERMIC

Vous étiez cependant sûr de me faire de la peine en parlant si légèrement d'un homme que vous savez que j'estime.

MARTIAL.

Et dont je suis jaloux, car vous l'aimez mieux que moi, mieux que mon père, que mes frères... c'est votre héros... c'est celui de Diane... vous semblez nous blâmer tous en le vantant sans cesse.

DIANE, *voulant imposer silence à Martial.*

Martial!... Martial!...

Mme DE KERMIC, *doucement.*

Écoute, mon enfant, et apprends de bonne heure à être indulgent. — Je ne me fais pas le juge de la conduite de ton père et de tes frères... l'honneur est partout où la conscience nous mène. Bien que persécuté par la révolution, ton père en a adopté depuis long-temps les principes, et je ne me suis pas étonnée de le voir appuyer leur triomphe lors de la révolution de 1830. Je respecte ses motifs, et je les crois raisonnables; mais moi qui ne suis qu'une femme, je raisonne moins que je ne sens; moi, qui suis vieille, je me souviens peut-être plus que je n'espère; toute ma vie est dans le passé, comme la tienne et celle de tes frères est dans l'avenir. Eh bien! ce passé, je le pleure... je l'aime, et lorsque je vois un homme comme Léonard Asthon, un homme d'un nom sans tache, d'une conduite irréprochable, d'un courage héroïque, sacrifier toutes les espérances ambitieuses de sa vie à la défense d'une cause qui est la mienne, d'une cause dont il ne désespère pas, lorsque tout le monde la croit perdue, tu dois comprendre que je garde une noble place à cet homme dans mon estime et mon admiration, tu dois comprendre que ce soit mon héros, comme tu l'appelles !

MARTIAL.

Oh ! pardon, ma mère, pardon... ne m'en veuillez pas de mon étourderie. Je me retire... car je crois que si je restais plus long-temps, vous me feriez aimer ce Léonard Asthon. (*Gaîement à Diane.*) Toi, qui restes, prends garde à toi, tu en es déjà presque amoureuse sans le connaître.

DIANE, *se levant.*

Tais-toi ; est-ce que je puis aimer, moi ?

Mᵐᵉ DE KERMIC.

Tu entreras dans ma chambre avant ton départ.

MARTIAL.

Je n'y manquerai pas... A demain.

Il sort après avoir embrassé Diane.

SCENE IV.

DIANE, Mᵐᵉ DE KERMIC.

Pendant que Diane reconduit son frère au fond, à droite de l'acteur, l'orage redouble, et l'on entend le vent et le tonnerre.

DIANE.

Il fait un temps affreux, en effet.

Mᵐᵉ DE KERMIC.

Et penser que peut-être en ce moment nos amis, ceux qui sont dévoués à la bonne cause, errent sans asile, traqués et poursuivis dans les bois, menacés de mort.

DIANE.

Il faut espérer que les plus compromis auront trouvé moyen de quitter la France.

Mᵐᵉ DE KERMIC.

Ce ne sont pas toujours les plus compromis qui sont les plus prompts à se mettre à l'abri... ainsi j'ai appris certainement que Léonard Asthon...

DIANE, *vivement.*

Léonard Asthon ! eh bien !

Mᵐᵉ DE KERMIC.

Eh bien, il a refusé de quitter la France, malgré les instances de nos amis de Nantes, qui lui avaient assuré un passage sur un navire anglais.

DIANE.

Mais n'est-ce pas plus que du courage, et n'y a-t-il pas plus que de l'imprudence à agir ainsi ?

Mᵐᵉ DE KERMIC.

Noble imprudence du moins, qui refuse son salut tant qu'il y a des malheureux en danger.

DIANE.

Que voulez-vous dire ? Votre inquiétude depuis ce matin... le soin que vous venez de prendre d'éloigner mon frère... Ma mère, ma bonne mère... craindriez-vous pour quelqu'un de vos amis ?

Mᵐᵉ DE KERMIC, *après avoir regardé autour d'elle.*

Nous sommes seules... mets-toi là. (*Elles s'asseoient, Mᵐᵉ de Kermic sur un fauteuil, Diane sur un tabouret à ses pieds *.*) Écoute-moi, Diane... tu sais, Valérien...

* Mᵐᵉ de Kermic, Diane.

DIANE.

Ce nouveau garde-chasse que vous avez depuis plusieurs jours ?

Mᵐᵉ DE KERMIC.

Oui, celui qui sort de chez ce misérable vicomte de Furières.

DIANE.

Eh bien, ma mère, ce Valérien ?

Mᵐᵉ DE KERMIC.

Ce matin, en faisant sa tournée dans le bois qui entoure le parc, il a rencontré au plus épais du taillis un homme qui en l'apercevant s'est mis en état de défense.

DIANE.

Quelque malfaiteur, sans doute.

Mᵐᵉ DE KERMIC.

Non, mon enfant, un homme d'une noble tournure, d'un beau visage, et dont les vêtemens, quoique souillés par la boue et la pluie, annoncent un homme distingué.

DIANE.

Un proscrit peut-être.

Mᵐᵉ DE KERMIC.

Je dois le croire ; car, d'après ce qu'il m'a raconté, Valérien l'a abordé en lui disant : « Ne craignez rien, monsieur... Je suis garde-chasse pour surveiller les braconniers ; mais je ne suis pas gendarme pour arrêter les voleurs ou les chouans. »

DIANE.

C'est bien de la part de Valérien... et cet homme ?

Mᵐᵉ DE KERMIC.

Il paraît qu'à ce mot de chouan cet homme a tressailli en regardant autour de lui... Puis, il s'est approché à son tour de Valérien, et lui a dit tout bas : « N'êtes-vous pas au service de Mᵐᵉ de Kermic ? — Oui, monsieur, lui a répondu Valérien. — En ce cas, dites-lui... » Cet homme s'est arrêté tout-à-coup ; puis il a repris : « Non, ce serait la compromettre... Sa générosité ne lui permettrait pas de me refuser un asile... Ne lui dites rien de cette rencontre ; » et aussitôt il s'est éloigné.

DIANE.

Et quand Valérien vous a-t-il raconté cela ?

Mᵐᵉ DE KERMIC.

Moins d'une heure après la rencontre.

DIANE.

Il ne soupçonne pas quel peut être ce malheureux ?

Mᵐᵉ DE KERMIC.

Au portrait qu'il m'en a fait, à l'air de distinction et de commandement qu'il m'a dit que cet inconnu porte en lui, j'ai cru reconnaître que ce devait être...

DIANE.

Qui donc ?

Mᵐᵉ DE KERMIC.

M. Léonard Asthon lui-même.

DIANE.

Léonard Asthon... le chef des Vendéens... réduit à ce misérable état !

Mᵐᵉ DE KERMIC.

Que ce soit lui ou un autre... c'est toujours un homme qui souffre pour une cause qui est la nôtre... Il a droit à un asile chez moi, et je le lui donnerai.

DIANE.

Mais comment le lui donner, puisqu'il s'est éloigné... sans vouloir le demander ?

Mᵐᵉ DE KERMIC.

Et c'est cette noble conduite qui m'a dicté la mienne... J'ai chargé Valérien de chercher cet inconnu, de le retrouver, et de lui dire que ce serait me faire injure que de refuser mon hospitalité.

DIANE.

Et Valérien l'a-t-il retrouvé ?

Mᵐᵉ DE KERMIC.

J'attends Valérien depuis ce matin... Mais tout est déjà convenu.

DIANE.

Comment ?

Mᵐᵉ DE KERMIC.

S'il le rencontre, il doit le ramener.

DIANE.

Ici ?

Mᵐᵉ DE KERMIC.

Dans le château ?... non ; je ne saurais comment l'y cacher aux yeux de tout le monde... Je ne crois pas qu'un seul de mes domestiques fût capable d'une dénonciation ; mais un mot indiscret peut suffire à faire tout découvrir... Et il y va de la vie de M. Asthon...

DIANE.

Mais où comptez-vous donc le cacher ?

Mᵐᵉ DE KERMIC.

Dans un endroit où personne ne le pourra soupçonner, si tu veux m'aider.

DIANE.

Moi ?... Et comment ?

Mᵐᵉ DE KERMIC.

En me cédant pour lui le pavillon du bois.

DIANE.

Mon pavillon !... ma retraite favorite, le seul endroit qui m'appartienne, et où j'aime à passer mes journées ?

Mᵐᵉ DE KERMIC.

Oui, ta retraite favorite ; grâce à ta volonté, c'est le seul endroit du château où les domestiques n'entrent que lorsqu'on les appelle... Placé à l'angle le plus éloigné du parc, il ouvre à la fois sur la forêt et sur les jardins... Toi seule en as les clefs, et...

DIANE, se levant et se retournant au bruit que Valérien fait en entrant.

Qu'est cela ?

SCENE V.

Mᵐᵉ DE KERMIC, DIANE, VALÉRIEN.

Mᵐᵉ DE KERMIC, allant vivement vers Valérien.

Eh bien ?... (Valérien lui montre Diane.) Tu peux parler devant elle ; elle sait tout.

VALÉRIEN.

Eh bien ! madame, je l'ai retrouvé.

DIANE, se levant.

Vous a-t-il dit son nom ?

VALÉRIEN.

Son nom ?... (A part.) Voilà où l'histoire cloche !... Mais, ma foi, c'est l'affaire de M. de Furières.

Mᵐᵉ DE KERMIC.

Oui, son nom ?

VALÉRIEN.

Il m'a dit qu'il ne le confierait qu'à madame la marquise.

Mᵐᵉ DE KERMIC.

Je comprends les motifs de cette discrétion... car ce nom est proscrit, et celui qui le porte est frappé d'un arrêt de mort.

DIANE.

Vous pensez donc véritablement que c'est M. Asthon ?

VALÉRIEN.

M. Asthon ?... Je ne crois pas.

Mᵐᵉ DE KERMIC.

Pourquoi cela ?

VALÉRIEN.

Pour rien ; je ne le connais pas... Mais si madame la marquise voulait me faire son portrait.

Mᵐᵉ DE KERMIC.

Je n'ai jamais vu M. Asthon.

VALÉRIEN, à part.

Ah ! elle ne l'a jamais vu !... (Haut et vite.) Ni mademoiselle non plus ?... Pardon... je suis bête. (Après un silence.) C'est que je réfléchis, en effet... On dit que M. Asthon est caché dans le pays, et il est bien possible que ça puisse être lui... pour ma part, je ne dirais pas non.

Mᵐᵉ DE KERMIC.

Et s'il en est ainsi, si c'est M. Asthon, il peut regarder ma maison comme la sienne.

VALÉRIEN.

Ma foi, j'ai une idée que ce doit être lui.

Mᵐᵉ DE KERMIC.

Et pour le faire échapper aux dangers qu'il court, ma bourse lui sera ouverte comme ma maison.

VALÉRIEN.

Certainement, c'est lui... Madame la marquise veut-elle que j'aille m'informer ?

Mᵐᵉ DE KERMIC.

Ce serait inutile, puisqu'il a déjà refusé de répondre... Mais où l'as-tu laissé ?

VALÉRIEN.

Je l'ai laissé dans le bois, à dix pas du pavillon... blotti dans un fossé... recevant la pluie en m'attendant.

DIANE.

Oh ! le malheureux !

Mᵐᵉ DE KERMIC

Pourquoi ne m'avoir pas dit cela tout d'abord ?

VALÉRIEN.

Je vous jure que je n'ai pas perdu de temps... D'ailleurs, maintenant, si madame la marquise veut faire ce qu'elle disait ce matin, j'aurai bientôt traversé le parc... et M. Asthon, car je ne doute plus que ce ne soit lui, M. Asthon sera bientôt à l'abri; mais pour cela, il me faudrait les clefs du pavillon.

Mme DE KERMIC, *se retournant vers Diane.*

Eh bien! Diane?...

DIANE.

Je vais les chercher, ma mère.

Mme DE KERMIC.

Merci, mon enfant!... Prends garde que Martial ne voie que tu entres chez toi ; tu ne pourrais l'éviter.

DIANE.

Cela n'est pas à craindre; car je n'ai pas besoin de lumière, moi, vous le savez bien.

Mme DE KERMIC.

Chère enfant!

SCENE VI.

Mme DE KERMIC, VALÉRIEN.

Mme DE KERMIC.

Valérien, vous voilà maître d'un secret important; c'est la vie d'un noble gentilhomme que vous tenez entre vos mains... On ne saurait mettre de prix à la fidélité; c'est une vertu dont on porte la récompense dans son cœur.

VALÉRIEN, *à part.*

J'aimerais autant la porter dans ma poche.

Mme DE KERMIC.

Mais je ne veux pas que le soin que vous vous êtes donné et la peine que vous allez prendre désormais demeurent sans salaire... car c'est vous qui porterez chaque jour des vivres à M. Asthon... Voici d'abord dix louis pour vous.

VALÉRIEN.

Madame sait bien que ce n'est pas pour l'argent...

Mme DE KERMIC.

Je n'en doute pas... et c'est surtout sur votre honneur que je compte.

Elle remonte la scène.

VALÉRIEN, *à part.*

Dix louis!... Avec les vingt-cinq que M. de Furières m'a promis... ça fait... j'ai bien peur que ça ne fasse que dix louis... C'est égal, pour un mensonge, c'est honnête!

Mme DE KERMIC.

Ah! c'est Diane!

SCENE VII.

LES MÊMES, DIANE.

DIANE.

Voici les clefs... celle-ci, c'est celle qui ouvre la porte du parc, celle-là ouvre la porte du bois... Vous les connaîtrez bien, n'est-ce pas ?

VALÉRIEN.

Ne soyez pas inquiète de cela, je trouverai, je vous en réponds.

Mme DE KERMIC.

Hâtez-vous, et n'oubliez pas que nous vous attendons.

VALÉRIEN.

Oui, madame, et je lui dirai qu'il s'appelle... c'est-à-dire, je lui demanderai s'il s'appelle M. Asthon.

Il sort.

SCENE VIII.

Mme DE KERMIC, DIANE.

Mme DE KERMIC.

Ah! je voudrais que ce fût lui: je serais fière d'avoir protégé cette sainte et généreuse existence. Toi-même, Diane, ne sens-tu pas quelque orgueil à t'associer au dévouement de ce noble jeune homme ?

DIANE.

Oui, ma mère, oui... et cependant, je ne puis vous dire quelle crainte m'agite malgré moi en pensant à ce que vous venez de faire.

Mme DE KERMIC.

Regretterais-tu déjà de m'avoir secondée?

DIANE.

Moi?... ô ma mère, vous ne le pensez pas... qu'ai-je à craindre pour moi? n'ai-je pas un malheur qui me protège contre tous les autres? et si l'on devait découvrir un jour votre généreuse complicité avec ce que l'on appelle des coupables... ce n'est pas moi qu'on accuserait, ce n'est pas une pauvre aveugle qu'on punirait de cette noble action, ce n'est pas elle qu'on en supposerait capable.

Mme DE KERMIC.

Diane, n'es-tu pas capable de tout ce qui est digne et bon?

DIANE.

Non... inutile à tous et à charge à moi-même... Oh! tenez, ce soir j'éprouve une tristesse...

Mme DE KERMIC.

Et pourquoi ?

DIANE.

Vous me le demandez?... pensez-vous donc que j'aie oublié les récits dont vous avez bercé mon enfance?... Je me souviens, moi... car ce ne sont pas les plaisirs du monde qui me font oublier ce que j'écoute... je me souviens de ces nobles dévouemens qui ont signalé la vie de tant de femmes.

Mme DE KERMIC.

En est-il une qui mérite mieux que toi l'affection de ceux qui te connaissent?

DIANE.

L'affection de ceux qui ont pitié des malheureux.

Mme DE KERMIC.

Diane, pourquoi ces pensées aujourd'hui?

DIANE.

Aujourd'hui plus que jamais! N'est-ce pas dans

un temps comme celui-ci que ma mère, ma pauvre mère, à qui j'ai donné la mort en naissant, sauva mon père. Elle était plus jeune et plus faible que moi... et pourtant elle sauva celui qu'elle aimait, elle le cacha... elle se plaça entre lui et ses assassins... elle pouvait voir le danger et le braver; mais moi...

Mme DE KERMIC.

Toi? ne viens-tu pas de faire tout ce qui est en ton pouvoir.

DIANE.

Oui, j'ai pu vous livrer les clefs d'un appartement, je pourrai garder le secret qui m'est confié... voilà tout ce que je puis.

Mme DE KERMIC.

Tu n'en auras pas moins droit à la reconnaissance de celui que tu m'aides à sauver.

DIANE, *tristement.*

Oui, à sa reconnaissance.

Mme DE KERMIC.

Diane.

DIANE.

Mon père aima ma mère qui l'avait sauvé... mais qui m'aimera jamais, moi?

On entend sonner au dehors.

Mme DE KERMIC.

Quel est ce bruit? (*On continue.*) Encore! qui peut venir à cette heure? (*Appelant.*) Marthe, Marthe.

SCENE IX.

MARTHE, Les Mêmes.

MARTHE.

Madame.

Mme DE KERMIC.

Voyez ce que c'est, et dites qu'on n'ouvre pas sans avoir reçu mes ordres... entendez-vous bien?

Marthe sort.

DIANE, *qui a été au fond, écoutant.*

Ce sont des pas nombreux... des voix confuses... un bruit d'armes.

Mme DE KERMIC.

Des soldats : peut-être, une visite domiciliaire... Oh! auraient-ils déjà découvert l'infortuné Asthon?

DIANE.

C'est peut-être une trahison, ma mère.

Mme DE KERMIC.

Ah! ce serait infâme... Mais Marthe ne revient pas, et le bruit augmente.

DIANE.

Je les entends !... ils entrent dans le château.

Mme DE KERMIC.

Malgré mes ordres.

DIANE.

Ils viennent de ce côté... j'entends la voix de Martial.

SCENE X.

MARTIAL, Les Mêmes.

MARTIAL, *à la cantonnade.*

Tout-à-l'heure, messieurs, on n'entre pas ainsi chez des femmes, au milieu de la nuit.

DIANE et Mme DE KERMIC.

Qu'est-ce donc?

MARTIAL.

Des militaires qui prétendent que votre héros, M. Léonard Asthon, a été vu dans les environs, et qu'ils ont ordre de visiter le château, pour voir s'il n'y est pas caché.

Mme DE KERMIC.

A cette heure... au milieu de la nuit.

MARTIAL.

C'est ce que je leur ai fait observer, et ma foi! à tout hasard, je leur ai dit que vous étiez couchée ainsi que ma sœur, et qu'on ne pourrait entrer chez vous.

Mme DE KERMIC.

Eh bien?

MARTIAL.

L'officier, qui m'a l'air d'un homme fort poli, m'a répondu qu'il était forcé d'obéir à un ordre supérieur... mais qu'il respecterait l'appartement des dames.

Mme DE KERMIC.

Celui-là et tous les autres.

MARTIAL.

J'en doute; car il a déjà commandé à ses soldats de commencer la visite dans le château, et d'occuper toutes les issues.

Mme DE KERMIC, *bas à Diane.*

Le malheureux est perdu.... Ah! si l'on pouvait l'avertir, il s'échapperait par la porte du bois.

DIANE.

Oh! ma mère, j'y cours.

Mme DE KERMIC, *arrêtant Diane.*

Attends... (*Haut.*) Martial, va dire à cet officier que je m'oppose formellement à cette violation illégale de mon domicile.

MARTIAL.

Hélas! ma mère, il a un ordre en règle.

Mme DE KERMIC.

Quoi qu'il en soit, c'est à moi qu'il doit le produire, c'est à moi de juger si je dois céder à la violence, ou m'opposer à l'emploi qu'on en veut faire.

MARTIAL.

J'y vais, ma mère, mais je crains bien de vous rapporter une fâcheuse réponse.

Martial sort.

Mme DE KERMIC.

Et maintenant va, Diane, et que Dieu te conduise.

Diane va pour sortir par la porte du fond.

SCENE XI.

Les Mêmes, VALÉRIEN.

VALÉRIEN, *entrant.*

Arrêtez.

Mme DE KERMIC.

Tu sais ce qui arrive.

VALÉRIEN.

Hélas! oui.

DIANE.

Je cours prévenir M. Asthon.

VALÉRIEN.

Il est trop tard, le parc est entouré... il y a des sentinelles à toutes les portes qui donnent sur la forêt... ils ont commencé par là avant d'entrer dans le château... impossible de sortir.

Mme DE KERMIC.

Ah! mon Dieu! protégez-le.

VALÉRIEN, *à part.*

Ma foi! M. de Furières s'en tirera comme il pourra.

DIANE.

Et ne pouvoir le sauver.

MARTIAL, *rentrant.*

L'ordre est précis, ma mère; l'officier qui commande me l'a montré... cependant, pour se conformer à vos désirs, il va se rendre près de vous; mais, pour la seconde fois, il m'a déclaré qu'à l'exception de votre chambre et de celle de ma sœur, il visiterait tout le château.

Mme DE KERMIC

C'est une indigne tyrannie!

MARTIAL.

Cet officier y met au moins de la politesse, et tout autre pourrait vouloir entrer même dans l'appartement d'une femme.

DIANE.

Et tu dis qu'il n'y entrera pas?

MARTIAL.

Pour cela, il me l'a formellement promis.

DIANE, *bas.*

Eh bien! ma mère, retenez-les dix minutes, et je le sauverai.

Mme DE KERMIC.

Comment?

DIANE.

Je vais au pavillon, il m'appartient; on respectera le lieu que j'habite.

Mme DE KERMIC.

Ah! je te comprends... va! va!

DIANE.

Oui, je le sauverai... la pauvre aveugle aura été bonne à quelque chose!

Elle sort.

MARTIAL.

Eh bien! ou va-t-elle? Diane! Diane!

Mme DE KERMIC.

Silence! il y va de la vie d'un homme! (*Elle s'assied et prend de la tapisserie, en disant.*) Valérien, faites entrer ces messieurs.

Valérien sort. La toile baisse.

ACTE DEUXIÈME.

Une chambre à coucher. Il fait nuit, et la pièce est éclairée par une lampe. Diane dort sur un fauteuil à gauche de l'acteur. Mme de Kermic est assise de l'autre côté de la scène.

SCENE PREMIERE.

Mme DE KERMIC, MARTHE, DIANE.

Mme DE KERMIC, *à Marthe.*

Marthe, dès que Valérien sera revenu de Nantes, tu l'amèneras ici.

MARTHE.

Oui, madame.

Mme DE KERMIC

Quelle heure est-il?

MARTHE

Dix heures.

Mme DE KERMIC.

La nuit est bien noire et doit rendre les chemins difficiles. Il ne sera peut-être pas ici avant minuit... cela serait fâcheux.

MARTHE.

Madame attend donc des nouvelles bien importantes?

Mme DE KERMIC.

Oui, bien importantes! il faudra donc que tu veille jusque là!

MARTHE.

Et vous veillerez aussi, faible et malade comme vous êtes?

Mme DE KERMIC, *lui montrant Diane.*

Ce n'est pas moi qui suis la plus malade, ma bonne Marthe!

MARTHE.

Ah! oui... la pauvre enfant! depuis un an elle est bien changée! Ce n'est plus notre jeune bonne maîtresse si heureuse et si gaie autrefois; maintenant elle est devenue triste et silencieuse; elle me fait peur quelquefois, lorsque je la vois errer seule dans le parc, comme une ombre, allant sans cesse du château au pavillon, s'arrêtant au moindre bruit et prêtant l'oreille comme si elle attendait quelqu'un.

Mᵐᵉ DE KERMIC, à part.

Ah! fasse le ciel qu'il vienne, celui-là! (Haut.)
Dis-moi, Martial est-il parti?

MARTHE.

Oui, madame; il est allé, d'après vos désirs, à
la fête que donne le nouveau propriétaire du château de M. de Furières. Il ne rentrera sans doute
que fort tard dans la nuit.

Mᵐᵉ DE KERMIC, à part.

Je l'espère. (Après s'être levée.) Ce n'est qu'à
des hommes qui pourront la venger que je dois
dire ce fatal secret, si ma dernière espérance est
trahie...

MARTHE.

Madame, la voilà qui s'éveille.

Mᵐᵉ DE KERMIC, vivement.

Laisse-nous, et n'oublie pas de m'envoyer Valérien.

SCÈNE II.

DIANE, Mᵐᵉ DE KERMIC.

DIANE, s'éveillant à moitié.

Léonard Asthon! Léonard!

Mᵐᵉ DE KERMIC, la regardant.

Lui! toujours lui! ô mon Dieu! Léonard Asthon! si ce n'est pas l'honneur, j'ose espérer du
moins que la pitié aura parlé dans ton cœur.

DIANE, se réveillant.

Qui est là?

Mᵐᵉ DE KERMIC.

Moi, mon enfant.

DIANE.

Ah! oui, je me rappelle, je me suis endormie
près de vous... pardonnez-moi, ma mère.

Mᵐᵉ DE KERMIC.

Te pardonner!... ah! j'aurais voulu prolonger
bien long-temps ces heures d'un sommeil que tu
ne connais plus. C'est un repos, au moins, parmi
tant de douleurs.

DIANE.

Non, ma mère... c'est du sommeil; mais ce n'est
pas du repos, car sa pensée m'y a poursuivie encore.

Mᵐᵉ DE KERMIC.

Toujours?

DIANE.

- Oui, ma mère, j'étais dans ce fatal pavillon,
appuyée sur cette fenêtre d'où vous me dites qu'on
voit de si loin, écoutant les vagues murmures du
vent, les cris des bergers qui passent, cherchant
dans l'air un son de cette voix que j'ai tant écou-
tée, pleurant de ne rien entendre, me penchant à
cette fenêtre pour qu'il me vît, moi qui ne puis
le voir, et ne comptant que le bruit des heures qui
me disaient qu'il ne venait pas.

Mᵐᵉ DE KERMIC.

Hélas! n'est-ce pas ainsi tous les jours?

DIANE, avec désespoir.

Oui, ma mère, j'ai dormi comme je veille : je
l'ai attendu.

Mᵐᵉ DE KERMIC.

Diane, espère encore, mon enfant, espère.

DIANE, se levant.

Et que puis-je espérer, depuis un an qu'il a fui
l'asile que nous lui avions donné, depuis cette affreuse nuit où, pour la seconde fois je le sauvai
de la mort, depuis cette nuit honteuse, où, pour
prix de son salut, il me laissa le déshonneur?...
Rien, pas un souvenir de lui, aucune nouvelle...

Mᵐᵉ DE KERMIC.

Pauvre Diane!

DIANE, vivement.

Aucune, n'est-ce pas?

Mᵐᵉ DE KERMIC

Aucune... mais tu sais que, condamné à mort,
il a été obligé de se réfugier en Angleterre.

DIANE.

Mais autrefois, mon père aussi, sauvé par ma
mère et proscrit comme Léonard Asthon... mon
père aussi s'est réfugié en Angleterre, et il vous
écrivait... il n'a donc pas voulu écrire...?

Mᵐᵉ DE KERMIC.

Oublies-tu qu'il y avait entre vous un secret
qui t'appartenait encore plus qu'à lui, et qu'il ne
pouvait le confier à des lettres que tu n'aurais
pu lire...

DIANE.

Mais, lorsque vous avez surpris ce secret à mon
désespoir, vous lui avez écrit, vous... il n'a donc
pas voulu vous répondre?

Mᵐᵉ DE KERMIC.

Mes lettres ont pu s'égarer; car il m'a fallu lui
écrire au hasard, sans savoir où il était.

DIANE.

Mais il se cache donc bien, ou vous ne l'avez
guère cherché.

Mᵐᵉ DE KERMIC.

Diane!

DIANE.

Car enfin ces journaux que vous seule voulez
me lire maintenant, ils disent les moindres actions
d'hommes dont le nom est obscur à côté de celui
de Léonard Asthon. Hier, ils annonçaient encore
le retour en France d'un proscrit, et ce proscrit
n'était qu'un pauvre paysan vendéen; l'autre jour
ils racontaient la fuite d'un condamné, et ce condamné était un des soldats de Léonard Asthon. Ils
parlent de tous, excepté de lui. Ma mère, je vous
crois, car je ne puis voir dans ce silence... mais
une heure de clarté, une heure, et je saurai qui
me trompe.

Mᵐᵉ DE KERMIC.

Ma fille!

DIANE.

C'est que moi... moi... il serait là, que s'il dé-
daignait de me parler, je ne le saurais pas... il
verrait mes pleurs, il me regarderait en riant peut-
être, et moi, je pleurerais toujours... je ne pourrais pas même me tuer... je ne le verrais pas!

Mᵐᵉ DE KERMIC.

Diane! chasse ces horribles doutes... Diane,
...pçonner?

DIANE.

Mais enfin, osez me dire toute la vérité... Est-
il mort ?

Mme DE KERMIC.

Il vit, je te le jure.

DIANE, *avec joie.*

Il vit ! (*elle s'arrête et reprend avec douleur*) il
vit ! oh ! alors, je suis plus malheureuse que je ne
croyais... ah ! je ne suis pas seulement déhonorée !

Mme DE KERMIC.

Pauvre enfant !

Valérien paraît au fond.

SCÈNE III.

LES MÊMES, VALÉRIEN.

Au moment où il entre, Mme de Kermic lui montre Diane,
et lui fait signe de se taire et de passer dans la chambre
à gauche de l'acteur.

DIANE, *écoutant et parlant pendant ce jeu de scène.*

Qui est là ? (*silence*) mais qui est là ?

Mme DE KERMIC.

C'est Marthe !

DIANE, *écoutant.*

Marthe ?

Mme DE KERMIC.

Marthe !... qui va porter quelque chose dans
ce salon.

DIANE, *à part, écoutant pendant que Valérien
traverse.*

C'est le pas d'un homme, c'est celui de Valérien ; on me trompe, il est entré là.

Mme DE KERMIC.

Diane, voilà qu'il se fait tard ; n'oublie pas
combien le repos, même sans sommeil, est néces-
saire à ta santé.

DIANE, *à part.*

C'est cela, elle veut m'éloigner.

Mme DE KERMIC.

Ne penses-tu pas à te retirer chez toi ?

DIANE.

Oui, oui, ma mère ! je vais rentrer dans ma
chambre. (*A part.*) Valérien est là ; mais je veux
m'en assurer ; car il parlera lui, peut-être. (*Haut.*)
Bonsoir, ma mère ! bonsoir !

Mme DE KERMIC.

Bonsoir, Diane... bonsoir ? ne t'effraie pas si
tù entends cette nuit le bruit d'une voiture ; tu
sais que Martial est allé à la fête, et qu'il rentrera
tard au château.

DIANE.

Je le sais. (*A part.*) Et je sais aussi que c'est
malgré lui qu'il m'a quittée ! Oh ! je saurai tout !

Elle va au fond, et revient du côté de l'endroit où est entré Valérien ; Mme de Kermic la suit des yeux et lève les
mains au ciel.

Mme DE KERMIC.

Diane, tu te trompes.

DIANE.

Ah ! c'est que... c'est que Marthe n'est pas là
pour me conduire.

Mme DE KERMIC, *appelant.*

Marthe ! Marthe !

MARTHE, *entrant du côté opposé.*

Madame.

DIANE, *à part.*

J'en étais sûre, on me trompe : elle n'était
là ; c'est bien Valérien.

Mme DE KERMIC.

Conduisez Diane dans sa chambre.

DIANE, *à part.*

Ah ! je reviendrai.

Elle sort avec Marthe.

SCÈNE IV.

Mme DE KERMIC, *seule.*

Malheureuse... Ah ! je ne pourrai la tromper
long-temps encore. Enfin le jour est venu où il
faut qu'elle obtienne réparation ou vengeance...
Léonard Asthon ! toi que j'ai cru si noble et si
grand, tu as déshonoré cette enfant... Ah ! je ne
crains pas de confier la cause de cette infortunée
au courage de son père et de ses frères... car, malgré ta vaine renommée, tu dois être un lâche,
pour avoir commis un pareil crime... Ils arrivent
cette nuit... cette lettre vient de me l'apprendre.
Mais, avant d'avouer à un père le déshonneur de
sa fille, à des frères la honte de leur sœur... avant
de les engager dans une querelle qui doit être
mortelle pour quelqu'un, j'ai dû tenter un dernier effort... J'en vais savoir le résultat. (*Elle
ouvre et appelle.*) Valérien !

Il entre.

SCÈNE V.

Mme DE KERMIC, VALÉRIEN.

Mme DE KERMIC.

Eh bien ! as-tu vu M. Asthon ?

VALÉRIEN.

Oui, madame, je l'ai vu.

Mme DE KERMIC.

Et la lettre que je t'ai remise pour lui ?

VALÉRIEN.

Il a refusé de la recevoir.

Mme DE KERMIC.

Refusé de la recevoir ! (*A part.*) Ah ! c'est le
dernier outrage ! Ah ! malheur à toi, Léonard
Asthon, malheur à toi.

VALÉRIEN, *présentant la lettre.*

Cette lettre.

Mme DE KERMIC.

Donne. (*Elle la met dans son sein.*) Ecoute-moi
bien maintenant. Tu vas aller te placer sur la route
de Paris, à quelque distance de l'avenue ; dans une
heure environ, il arrivera une voiture de poste.

VALÉRIEN.

Oui, madame.

Mᵐᵉ DE KERMIC.

Tu feras signe au postillon d'arrêter, et tu diras aux voyageurs qui seront dans cette voiture de descendre et de te suivre.

VALÉRIEN.

A une pareille heure, pensez-vous qu'ils consentent?

Mᵐᵉ DE KERMIC.

Ce sont trois hommes résolus, et qui ne connaissent pas la crainte; d'ailleurs, je puis te dire leurs noms, il te servira à te faire connaître d'eux. C'est mon gendre, M. de Chivri, et ses deux fils, Georges et Philippe.

VALÉRIEN, à part.

MM. de Chivri! (Haut.) Il suffit.

Mᵐᵉ DE KERMIC.

Tu les mèneras par le bois jusqu'à la petite porte du parc. Arrivé là, tu tireras deux coups de fusil, cela m'avertira que vous entrez dans le parc; alors, je me rendrai dans ce salon où tu les conduiras par cette porte, de manière à ce qu'ils arrivent sans être vus de personne! Tu m'as bien compris?

VALÉRIEN.

Oui, madame.

Mᵐᵉ DE KERMIC.

Je vais monter un moment chez moi. Il faut que Diane m'entende dans ma chambre, si je veux qu'elle demeure sans crainte dans la sienne... hâtez-vous!

VALÉRIEN.

J'y vais.

Mᵐᵉ de Kermic sort.

SCENE VI.

VALÉRIEN, seul.

Non, je n'irai pas; car je crois qu'il est temps que je m'en aille tout-à-fait, mais par un autre chemin; ce que je croyais il y a quinze mois une ruse sans conséquence pour faire échapper M. de Furières à ses créanciers est devenu une affaire sérieuse, à ce que je vois. Depuis un an qu'il a quitté le château, voilà dix lettres que Mᵐᵉ la marquise me charge de mettre à la poste pour celui qu'elle a sauvé; et, comme de juste, elles sont adressées à M. Léonard Asthon. Quant à moi, qui pensais bien qu'elle lui parlait des deux mois de séjour qu'il est censé avoir fait dans le pavillon, et qui savais que les réponses du véritable Léonard Asthon eussent dévoilé le mystère, et m'eussent fait chasser, j'ai tout bonnement jeté les lettres au feu, et M. Asthon a passé pour un ingrat qui avait oublié le service qu'il a reçu; d'ailleurs, je n'avais pas à redouter une explication tant que le véritable Asthon était à l'étranger; Mais voilà qu'il est revenu pour faire purger sa contumace en France, à Nantes, à quelques lieues de ce château. J'aurais dû partir alors; mais Mᵐᵉ de Kermic me promit une très-belle récom-

pense si je pouvais lui faire parvenir une lettre dans sa prison. Cette récompense, je l'ai reçue, mais je ne l'ai pas gagnée; et cette lettre a été rejoindre les autres. Enfin elle m'en a remis une ce matin, en me disant que ce serait la dernière: il m'a bien fallu dire que j'avais vu M. Asthon, puisqu'il est libre maintenant; mais cela tournera-t-il comme je l'espérais? l'arrivée de M. de Chivri et de ses fils, la tristesse de Mˡˡᵉ Diane, l'ordre que j'ai reçu de ne jamais lui parler des lettres que j'ai portées; il y a eu quelque chose de plus que je ne crois dans tout ceci, et quoique je ne sois pas probablement le plus coupable, je serais le plus puni! Il est donc prudent de fuir, et de fuir au plus vite.

Diane entr'ouvre la porte à gauche de l'acteur

SCENE VII.

VALÉRIEN, DIANE.

DIANE, entrant.

Valérien?

VALÉRIEN.

Qui m'appelle? (Il se retourne.) Mademoiselle Diane!

DIANE.

Ah! tu es encore là; merci, mon Dieu! c'est toi que je cherchais.

VALÉRIEN.

Moi!

DIANE.

Oui.

VALÉRIEN, à part.

Qu'a-t-elle donc à me dire?

DIANE, à part.

Il parlera je l'espère.

VALÉRIEN, à part, en se rapprochant de Diane.

Tâchons de découvrir quelque chose.

DIANE, de même.

Il faut qu'il me dise la vérité.

VALÉRIEN.

Vous me cherchiez, mademoiselle? pourquoi donc?

DIANE.

Parce que tu peux m'apprendre ce qui se passe au château.

VALÉRIEN.

En vérité, je voudrais bien le savoir moi-même.

DIANE.

Il s'y passe donc quelque chose d'extraordinaire?

VALÉRIEN.

Je ne sais; car moi, voyez-vous, je vais, je viens, je fais ce qu'on me dit; mais je n'y comprends rien.

DIANE.

Peut-être comprendrais-je mieux, moi, si je savais ce qui s'y passe.

VALÉRIEN, à part.

C'est bien possible.

DIANE.

Tu te tais!

VALÉRIEN.

Mais que voulez-vous que je vous dise ?

DIANE.

Écoute : tout-à-l'heure, quand j'étais avec ma grand' mère, tu es entré, on t'a fait taire.

VALÉRIEN.

Moi ?

DIANE.

Je l'ai entendu... puis, on t'a fait entrer là, où j'ai été te chercher... Tu venais donc dire à ma mère quelque chose que je ne devais pas entendre ?

VALÉRIEN.

Je venais tout simplement lui rendre compte d'un message dont elle m'avait chargé.

DIANE.

Un message ! pour qui ?

VALÉRIEN,

Ah ! pour qui ?... c'est un secret.

DIANE.

Un secret !... je veux le savoir !

VALÉRIEN.

On m'a défendu de vous le dire.

DIANE.

Défendu de me le dire... (A part.) Il y a donc un secret entre ma mère et cet homme ?... (elle réfléchit) un secret entre elle et lui, dont je suis exclue... ce n'était pas ainsi autrefois.

VALÉRIEN, à part.

Que dit-elle ?

DIANE, à part.

J'ai peur de l'interroger, n'importe. (Haut.) Ainsi, Valérien, tu venais rendre compte à ma grand' mère, d'un message dont elle t'a chargé ?

VALÉRIEN.

Oui.

DIANE.

Pour quelqu'un que tu ne peux nommer ?

VALÉRIEN.

C'est cela.

DIANE.

Et dont on t'a défendu de me dire le nom, surtout à moi ?

VALÉRIEN.

Précisément !

DIANE, avec éclat.

Oh ! alors, c'était pour lui ! c'était pour M. Asthon !

VALÉRIEN, à part.

Que dire ?

DIANE.

Tu ne réponds pas ! c'est donc vrai ?... Mais, si c'est pour lui, il est donc en France ?

VALÉRIEN.

Vous ne le saviez pas ?

DIANE.

Il est en France !

VALÉRIEN.

Mais Mᵐᵉ la marquise vous lit les journaux tous les matins, et il y a quinze jours qu'ils ont vous annoncé qu'il était venu se constituer prisonnier.

DIANE, avec désespoir.

Prisonnier !... lui, lui ! condamné à mort !... Ah ! c'est donc pour cela qu'on se taisait ?

VALÉRIEN, à part

Quel trouble et quel désespoir !

DIANE, égarée.

Prisonnier, lui !... mais ils le tueront, et je mourrai déshonorée ?

VALÉRIEN, bas, à part.

Grand Dieu ! qu'a-t-elle dit ?... Ah ! monsieur de Furières...

DIANE.

Oh ! mon Dieu ! Léonard Asthon prisonnier...

VALÉRIEN, entendant un bruit sourd.

Une voiture !... celle que je devais rencontrer... M. de Chivri et ses fils sans doute... Ah ! fuyons ! fuyons ! qu'ils ne me trouvent pas ici, car leur vengeance serait juste.

Il sort avec précaution.

SCENE VIII.

DIANE, *seule*.

Prisonnier... condamné à mort !... Oh ! ils m'ont tous trompée ; peut-être maintenant il est mort... cette nouvelle que ma mère attendait, mais elle me l'aurait dit... Ah ! tu me le diras, toi, Valérien... (*Elle appelle.*) Valérien ! (*de même*) Valérien !... (*Elle parcourt l'appartement en touchant des mains de tous côtés.*) Valérien ! Valérien !... il est parti !... Ah ! qui me dira donc la vérité ?... Ma mère ! oh ! ne m'abandonnez pas ainsi... ma mère ! mais elle m'a trompée déjà, elle me tromperait encore !... (*en marchant, elle se heurte à la table.* Ah ! oui, les voilà, les voila, ces journaux ! je les reconnais... Ma vie, ma destinée est écrite là, là... (*Elle les parcourt avec ses mains.*) Ah ! mon Dieu ! rien, rien !... (*Bruit de pas.*) On vient !... ah ! cachons-nous, je veux écouter, je veux tout savoir... cachons-nous bien !

Elle se cache derrière un fauteuil qui permet qu'on voie encore tout son visage.

SCENE IX.

DIANE, MARTIAL.

MARTIAL, *entrant*.

Ma foi, en voilà assez pour une nuit des bals de province... (*Apercevant sa sœur.*) Diane !

DIANE.

C'est Martial ! (*Elle va vers lui.*) Martial, mon frère, mon ami, veux-tu me sauver ?

MARTIAL.

Diane, qu'as-tu ?... quel désordre !... Tu as pleuré, tu pleures !...

DIANE.

Ce n'est rien ; tu m'aimes, n'est-ce pas ? (*Le faisant passer à la table.*) Eh bien, viens, viens...

prends ces journaux, et lis-moi ce qu'ils con-
tiennent.

Elle prend les journaux et les lui présente.

MARTIAL.

Ces journaux ! ces journaux !... mais en quoi
peuvent-ils t'intéresser ?... dis-moi plutôt ce qui te
cause le désespoir où je te vois.

DIANE.

Te le dire... mais tu me tromperas aussi, Martial : écoute-moi, Martial, ne m'abandonne pas...

MARTIAL.

Jamais !

DIANE.

Eh bien ! si tu ne veux pas que je devienne folle,
lis-moi ces journaux.

MARTIAL, à part.

Il faut la satisfaire. (Haut.) Tu le veux ? soit !

DIANE.

Eh bien, je t'écoute.

MARTIAL.

Pauvre Diane !

DIANE.

Mais je t'écoute.

MARTIAL, lisant.

« Nouvelles d'Afrique... »

DIANE.

Non, ce n'est pas cela ; en France ! en France !

MARTIAL.

« Paris... »

DIANE.

Paris !

MARTIAL.

« Hier il y a eu bal à la cour... »

DIANE.

Bal !... Mais ce n'est pas cela, cherche donc ailleurs.

MARTIAL.

Mais je ne puis trouver.

DIANE.

Tu ne peux trouver... tu y vois cependant : à
quoi te sert donc le jour, mon Dieu?... Ah ! ma
raison, ma raison s'en va.

MARTIAL, à part.

Elle m'épouvante !... (Haut.) Eh bien, Diane,
voyons, calme-toi !... dis-moi ce que tu veux savoir, je le trouverai, je te le promets.

DIANE.

Tu me le diras ! tu me le diras, n'est-ce pas ?

MARTIAL.

Oui, je te le jure.

DIANE.

Eh bien, dans ces journaux, on a parlé d'un
proscrit, d'un condamné, qui est venu se constituer prisonnier.

MARTIAL.

De beaucoup.

DIANE.

Mais je ne te parle que d'un seul.

MARTIAL.

Lequel ?

DIANE.

Cet homme que tu hais ; eh bien, Léonard
Asthon !

MARTIAL.

Léonard Asthon, comme tous les autres, il a été
acquitté.

DIANE.

Acquitté !

MARTIAL.

Depuis huit jours, à Nantes, à quelques lieues
d'ici...

DIANE.

Acquitté !... depuis huit jours à Nantes, et il
n'est pas venu... Et ma mère se tait ; et Valérien
me fuit... Ah ! malheureuse ! malheureuse !

MARTIAL.

Diane, qu'as-tu donc ?

DIANE, saisissant la main de Martial, et avec une
résolution exaltée.

M'aimes-tu ?

MARTIAL.

En peux-tu douter ?

DIANE.

Il faut que tu me conduises à Nantes.

MARTIAL.

Toi !

DIANE.

Il y va de ma vie !

MARTIAL.

Mais...

DIANE.

De ma vie, et de mon honneur peut-être !

MARTIAL.

Grand Dieu !

DIANE.

Ta voiture est encore prête ?

MARTIAL.

Sans doute !

DIANE.

Eh bien ! qu'elle nous attende.

MARTIAL.

Diane, je ne puis consentir sans savoir...

DIANE.

Tu le sauras.

Mme DE KERMIC, en dehors.

M. Martial est rentré ?

UN DOMESTIQUE, de même.

Oui, madame, il est dans le salon.

DIANE.

Oh ! c'est notre mère ! Tais-toi, ou je suis perdue !

MARTIAL.

Perdue !

DIANE.

Oh ! va faire ce que je te demande ; attends-moi
chez toi ; alors, je te dirai tout, et tu décideras s'il
faut que je meure.

MARTIAL, à part.

Ah ! ne la perdons pas de vue ; car il y a un terrible mystère dans ce désespoir.

Il sort.

SCENE X.

Mᵐᵉ DE KERMIC, DIANE.

Mᵐᵉ DE KERMIC, *au fond, en entrant.*

Diane! toi ici!... je comptais y trouver Martial.

DIANE, *à part.*

On m'a assez trompée!... je puis mentir à mon tour!... (*Haut.*) Oui, il vient de rentrer; mais il est remonté chez lui.

Mᵐᵉ DE KERMIC.

Tu en es sûre!

DIANE.

Très-sûre!... où voulez-vous qu'il aille à pareille heure?

Mᵐᵉ DE KERMIC, *à part.*

Ce retour me contrarie... heureusement que Valérien n'a pas encore donné le signal... (*A Diane.*) Mais pourquoi as-tu quitté ta chambre?

DIANE.

J'ai fait comme vous!... j'ai entendu rentrer Martial, et j'ai voulu lui dire bonsoir!

Mᵐᵉ DE KERMIC.

Et tu l'as vu?

DIANE.

Non!

Mᵐᵉ DE KERMIC.

Va le trouver; il te contera sa soirée.

DIANE.

Oui, le bal d'où il vient... vous avez raison, ma mère!... cela me distraira beaucoup.

Elle va pour sortir.

Mᵐᵉ DE KERMIC, *écoutant.*

Le bruit d'une voiture!...

DIANE, *à part.*

L'imprudent!... c'est la sienne! (*Haut.*) Je n'ai pas entendu!

Mᵐᵉ DE KERMIC, *à part.*

Valérien ne les aurait-il pas rencontrés?... on approche!... ce sont eux!

DIANE, *de son côté, écoutant.*

Ce ne peut être Martial; c'est une voiture qui vient... qui vient de loin... oh! mon Dieu!... quelle idée! quel espoir!

Mᵐᵉ DE KERMIC.

Elle s'arrête!... Diane... mon enfant, va! j'ai besoin d'être seule...

DIANE, *avec éclat.*

On descend!... ah! je vais aller moi-même... on ne me trompera pas cette fois.

Elle va pour sortir par le fond.

Mᵐᵉ DE KERMIC, *avec un cri.*

Pas par là!... tu pourrais les rencontrer.

DIANE.

Qui donc?

Mᵐᵉ DE KERMIC, *très-troublée.*

Diane!... laisse-moi... j'attends quelqu'un... quelqu'un qui ne doit te voir qu'après que je lui aurai parlé.

DIANE.

Ah! c'est lui, n'est-ce pas?

Mᵐᵉ DE KERMIC

Lui?

DIANE.

Léonard Asthon, qui est en France!... qui est acquitté... qui ne m'a pas abandonnée!... ah! je sais tout!... je l'entends!... le voilà!

SCENE XI.

DIANE, Mᵐᵉ DE KERMIC, GEORGES, M. DE CHIVRI, PHILIPPE, UN DOMESTIQUE.

LE DOMESTIQUE, *annonçant.*

Messieurs de Chivri!

Ils entrent, la porte se referme.

DIANE, *avec un cri.*

Mon père! (*Il entre; elle tombe à genoux.*) Mon père!

M. DE CHIVRI *s'arrête soudainement, puis avec sévérité.*

J'ai reçu votre lettre, ma mère: à la manière dont vous me pressez de venir ici, je craignais qu'il ne fût arrivé quelque accident cruel à ceux que j'aime; je suis venu, me voilà; mais à l'accueil que je reçois, je tremble de n'avoir pas prévu tout le malheur qui m'y attend.

DIANE, *à genoux.*

Ah! mon père!

Mᵐᵉ DE KERMIC, *vivement.*

Monsieur le comte, mes enfans, je vous attendais; mais je vous attendais seule!... Diane ne devait pas assister à cet entretien; mais Dieu, sans doute, en renversant toutes les précautions que j'avais prises pour l'éloigner, a voulu que je n'eusse pas à rougir seulement devant vous du fatal secret que j'ai à vous dire et du malheur que mon imprévoyance seule a causé.

M. DE CHIVRI.

Et ma fille, n'a-t-elle rien à me dire, elle?

DIANE, *se traînant à genoux.*

Mon père!

Mᵐᵉ DE KERMIC, *l'arrêtant et se plaçant entre elle et son père.*

Rien! rien!... jusqu'à ce que je vous aie tout dit, moi!

M. DE CHIVRI.

Ah! malheur à la fille qui, après de longues années de séparation, ne peut tendre les bras à son père, et reste tremblante et confuse à ses pieds!

Mᵐᵉ DE KERMIC.

Gardez vos malédictions pour les coupables; car, de tous les complices de ce crime, elle seule en est victime, et elle seule en est innocente.

M. DE CHIVRI.

Innocente!... les innocens sont debout!

Mᵐᵉ DE KERMIC, *relevant Diane.*

Debout donc, Diane; il ne faut baisser la tête que sous les remords, mais non pas sous le malheur ; et maintenant, écoutez-moi tous les trois.

GEORGES.

De l'indulgence, mon père !

PHILIPPE.

Et de la pitié ; regardez-la !

M. DE CHIVRI.   *

Ah ! malheureux ! que vais-je apprendre ? *

Mme de Kermic s'assied, M. de Chivri de même ; ses deux fils restent debout de chaque côté de son fauteuil, Diane est près de sa grand'mère.

Mme DE KERMIC, assise.

Il y a quinze mois, un homme, proscrit et menacé de mort, errait dans les environs de ce château. Quelle que soit l'opinion politique que vous professiez, s'il était venu vous demander un asile, vous ne le lui auriez pas refusé. C'était un homme du parti auquel mon mari et mes frères avaient donné leur sang, et auquel, moi, j'ai voué toute mon existence. Je lui fis offrir cet asile ; il l'accepta. Quand je vous l'aurai nommé, car je vous le nommerai, vous reconnaîtrez comme moi qu'il méritait alors ce que je fis pour lui !... Son courage, ses vertus, son nom... tout le recommandait à mon hospitalité ; cependant, je fus assez imprudente, moi, pour laisser souvent près de lui, et dans le secret d'une retraite que je ne partageais pas toujours, une jeune fille, belle, confiante aussi... mais que je devais croire protégée par le malheur qui l'a frappée en naissant.

GEORGES.

Et l'infâme a répondu par une séduction ?

Mme DE KERMIC.

Oh ! non ! ce n'est pas par une séduction, non, mes fils... Or, écoutez-moi bien, pour que votre colère ne s'adresse qu'à celui qui l'a véritablement méritée, et pour que lui seul soit puni... lui seul, n'est-ce pas ?

GEORGES et PHILIPPE.

Lui seul !

Mme DE KERMIC.

Eh bien donc, il était depuis deux mois enfermé dans un pavillon de ce château, lorsqu'une nuit...

DIANE, avec un cri.

Ah ! pas devant moi, ma mère, pas devant moi !

Elle tombe à genoux devant Mme de Kermic, et lui ferme la bouche avec la main.

M. DE CHIVRY.

Elle a raison, madame ; nous en savons assez !

Mme DE KERMIC.

Pas assez pour lui pardonner.

M. DE CHIVRI.

Assez pour la venger du moins ; c'est tout ce qu'elle peut attendre de nous.

* Diane, debout, Mme de Kermic, assise, faisant groupe de l'autre côté, M. de Chivry, Georges et Philippe.

DIANE, se traînant vers son père.

Mon père ! mon père !

GEORGES et PHILIPPE s'avançant vers elle, et lui prenant les mains qu'elle tend vers son père.

Diane !... ma sœur !... Diane !...

DIANE.

Ah ! ce sont mes frères !... mes frères !... (elle se relève et les embrasse) mais mon père !... mon père !

M. DE CHIVRI, se reculant tandis qu'elle avance vers lui.

Il vous demande le nom du coupable... ce nom qu'on lui a caché bien long-temps, madame !

Mme DE KERMIC.

C'est que j'avais espéré en son honneur... depuis cette fatale nuit, cet homme proscrit s'est réfugié en Angleterre... je voulais lui écrire, je lui écrivis...

M. DE CHIVRI.

Et il n'a jamais répondu, n'est-ce pas ?

Mme DE KERMIC.

Jamais ; enfin, aujourd'hui même, sachant qu'il était près d'ici, je lui envoyai cette lettre.

M. DE CHIVRI.

Et il a refusé de la recevoir ?

Mme DE KERMIC.

D'où le savez-vous ?

M. DE CHIVRI.

C'est que c'est ainsi que ces misérables traitent les mères insensées qui leur livrent l'honneur de leur nom ; c'est ainsi qu'ils traitent les filles perdues.

GEORGES, PHILIPPE, DIANE.

Mon père !...

Mme DE KERMIC.

Monsieur, prenez garde ! vous me feriez presque oublier le crime de Léonard Asthon.

GEORGES et PHILIPPE.

Léonard Asthon !

M. DE CHIVRI.

Léonard Asthon ! (A Mme de Kermic.) Madame, vous avez rempli votre devoir en nous disant le nom du coupable ; maintenant, laissez-nous remplir le nôtre.

Mme DE KERMIC.

Souvenez-vous cependant que Martial ne sait rien.

M. DE CHIVRI.

Et je vous en remercie.

DIANE.

Mais, moi, je lui dirai tout, et il me sauvera, lui !

Elle sort par la porte de la chambre du fond.

M. DE CHIVRI, à Mme de Kermic.

Ah ! qu'il n'apprenne ce secret que lorsqu'elle sera vengée.

Mme de Kermic sort.

SCENE XII.

PHILIPPE, M. DE CHIVRI, GEORGES.

M. DE CHIVRI.

Maintenant, c'est la mort que nous allons braver.

GEORGES.

Un infâme que nous allons punir!

M. DE CHIVRI.

Mes fils, Léonard Asthon est à Nantes.

GEORGES *et* PHILIPPE.

A Nantes donc, mon père!

M. DE CHIVRI.

A Nantes! à Nantes, mes enfans!

Ils sortent tous trois.

ACTE TROISIÈME.

Un salon de rez-de-chaussée ouvrant sur un parc. Les portes du fond sont ouvertes. Il fait un jour très-vif.

SCENE PREMIÈRE.

LASCY, VIGNEUL, JEUNES GENS.

Ils entrent en foule.

VIGNEUL.

Encore un verre de ce Madère, et en chasse!

LASCY, *prenant une bouteille et l'emportant.*

Tu nous permettras, je suppose, d'attendre le maître de la maison, Léonard Asthon.

VIGNEUL.

C'est que si nous l'attendons long-temps encore, je ne sais plus, au train dont tu y vas, si tu pourras le suivre ensuite à travers champs.

LASCY, *montrant son verre.*

Ceci, mon cher, est un Xérès fort remarquable, auquel aucun de vous n'a prêté l'attention qu'il mérite.

VIGNEUL.

Prends garde qu'à force de lui accorder l'attention, il ne te cause des distractions fâcheuses.

LASCY.

Tu crois? Mon cher Vigneul, je t'aime, je t'estime, nous avons été officiers ensemble, et tu t'en tires galamment; je t'ai vu amoureux, et tu n'es pas trop maladroit; mais en face d'un déjeuner, tu n'es qu'un blanc-bec! je te renie.

VIGNEUL

Plaît-il?

LASCY.

Tu n'es pas un homme complet. Tiens, Asthon nous a donné aujourd'hui à déjeuner pour célébrer son acquittement; voilà ce que c'est qu'un déjeuner.

VIGNEUL.

Quand on a cent mille livres de rente comme Léonard, tout le monde donne bien à déjeuner.

LASCY.

Erreur, erreur énorme, mon cher! pour bien donner à manger, il faut savoir manger; pour bien donner à boire, il faut savoir boire; tiens, mon brave Vigneul, tu n'es certainement pas avare, mais tu nous donnes des dîners détestables.

VIGNEUL.

Je te remercie de ta franchise.

LASCY.

C'est de l'amitié; tu fais ce que tu peux, mais tu ne sais pas; et comment pourrais-tu savoir? tu t'asseois devant la table la plus splendide pour dévorer une mauviette et vider une caraffe d'eau; on ne peut ordonner ce qu'on ne mange pas.

VIGNEUL.

Reste à savoir si tu sauras aussi bien ce qu'il faudra faire tout-à-l'heure, quand nous allons être en chasse.

LASCY.

Je parie que Léonard te souffle toutes les perdrix sous le nez.

VIGNEUL.

Mais il ne s'agit pas de Léonard... en fait d'adresse, il est ton maître comme le mien. Ce n'est pas avec lui que je veux lutter, mais avec toi, mon gros Lascy, et je parie vingt louis que je tue plus de gibier que toi.

LASCY.

Soit! et si tu veux, je parie vingt autres louis que je mangerai plus que toi.

VIGNEUL.

Ah! je me maintiens pour battu de ce côté.

LASCY.

Voilà qu'on découple les chiens et qu'on amène les chevaux; deux heures de course, ça nous donnera un appétit d'enfer, rien ne manquera à la fête.

VIGNEUL.

Ma foi si... il y manquera de n'avoir pas eu lieu à Nantes même, plutôt que dans cette maison de campagne.

Léonard paraît.

LASCY.

Pourquoi ça?

VIGNEUL.

Parce que je n'aurais pas été fâché de montrer de près à tous ces manans de bourgeois du jury l'estime que nous faisons d'eux et de leurs arrêts.

SCENE II.

Les Mêmes, LÉONARD ASTHON.

LÉONARD.

Tu oublies que ces bourgeois viennent de m'acquitter.

VIGNEUL.

Parce qu'ils n'auraient pas osé te condamner.

LÉONARD.

Ils l'auraient osé s'ils l'avaient voulu.

VIGNEUL.

Tu en parles plus favorablement que ceux même de leur parti; car il m'est revenu qu'à la Bourse quelques jeunes gens du commerce ont dit que si le jury avait la lâcheté de t'acquitter, ils réformeraient le jugement avec un bon coup d'épée.

LÉONARD, *froidement.*

Ah! ils ont dit cela?

VIGNEUL.

Oui, ils ont dit cela, et en te voyant donner cette fête hors de la ville, ils prétendront peut-être que tu as craint..

LASCY, *l'interrompant.*

Vigneul, l'eau te monte à la tête; elle te fait dire de vraies bêtises.

VIGNEUL.

Lascy!

LASCY.

Tu crois qu'ils diront qu'Asthon, que le chef qui a tenu le dernier dans la Vendée avec quelques soldats; que celui qui s'est battu plus de vingt fois en duel avec les plus mauvais querelleurs de Paris, tu crois qu'ils diront qu'il a eu peur? tu es fou!

LÉONARD.

Ils ne le diront pas, Vigneul; et si je ne regrette pas quelquefois cette renommée d'heureux duelliste, que je méprise au fond, c'est qu'elle me donne le droit de dédaigner des menaces pareilles à celles qu'on t'a rapportées, et les suppositions comme celles que tu crains qu'on fasse sur mon compte.

VIGNEUL.

Tu as raison, et tu as véritablement pris le parti le plus sage.

LASCY.

Ce n'est pas le plus sage qu'il faut dire, mais le plus comfortable.

LÉONARD.

Comfortable!

LASCY.

Assurément, je ne suis pas ennemi d'un duel, ça distrait quelquefois. Quand on a perdu tout son argent à la roulette, ou que votre maîtresse vous a trahi, un petit coup d'épée, ça change le cours des idées: mais toute chose a son jour, et quand on sort d'un bon déjeuner et qu'on a un meilleur dîner en perspective, je ne trouve rien d'insupportable comme de gâter son plaisir par une querelle intempestive.

LÉONARD.

Tu es donc content de moi, illustre gastronome?

LASCY, *saluant.*

Admirablement content! d'autant plus que je craignais que tu ne te fusses perdu le goût dans ton expédition; pendant un an être exposé à manger du pain de sarrazin et de la galette dans les misérables huttes des paysans.

VIGNEUL.

Et souvent à ne pas manger du tout.

LASCY.

Ça fait perdre les bonnes habitudes et les saines traditions.

LÉONARD.

Et cependant c'est une existence que vous envieriez tous, si vous la connaissiez. J'aime l'état militaire, et je crois avoir rempli mes devoirs d'officier comme il convient à un bon gentilhomme... mais, je l'avoue, à cette guerre renfermée dans les règles d'une froide discipline et qui vous force sur le champ de bataille à n'être que l'instrument passif de la pensée d'un autre, à cette guerre dont toute la gloire consiste à remplir strictement des ordres dont on ne conçoit pas le but; je l'avoue, je préférerais encore cette guerre de partisans... cette lutte où chacun ne répond que de soi, ne dépend que de soi, et où personne ne peut vous demander compte de votre défaite ou vous disputer l'honneur de votre victoire, car vous êtes seul à combattre... Ah! si c'eût été pour défendre la France, j'y serais encore.

LASCY.

Véritable chevalier moyen âge... Mon cher Léonard, tu es né six siècles trop tard!

VIGNEUL.

Si encore ces belles prouesses avaient gardé le charme du château gothique et de la belle châtelaine hospitalière!

LASCY.

Chez qui l'on soupe bien après avoir chevauché rudement toute la journée.

VIGNEUL.

Mais ce n'est plus que dans les romans de Scott que cela se rencontre.

LÉONARD.

Vous vous trompez, messieurs, et peut-être, si je l'avais voulu, eussé-je pu me cacher dans quelque noble manoir; peut-être que de blanches mains eussent daigné panser la blessure qui me força, il y a quinze mois, à me cacher aux environs d'Ancenis, au lieu d'accepter vos offres et de me retirer en Angleterre.

LASCY.

Et tu as préféré te confiner dans une chaumière?

LÉONARD.

Le hasard m'y a conduit, et la reconnaissance m'y a retenu; et, crois-moi, Vigneul, toi qui parles de poésie, il y en a plus que tu ne penses dans ce dévouement modeste de toute une famille pauvre, dans cette fidélité inébranlable qui veillait à ma sûreté comme à celle d'un fils et d'un frère. Messieurs, dans cette ferme où j'ai demeuré deux mois, il y avait dix personnes qui savaient mon nom et l'arrêt dont j'étais frappé!... eh bien! tant que le danger m'a menacé, pas une n'a trahi ce secret; et depuis que le danger est passé, pas une ne s'est vantée de cette noble action. Si l'honneur, le courage, la fidélité, sont de la poésie, en voilà, ce me semble, et je ne sais pas de plus noble héroïsme.

LASCY.

C'est vrai; mais quand je pense au régime auquel on a dû te soumettre, il me semble aussi qu'il y avait autant d'héroïsme à recevoir qu'à donner; et je te félicite de t'en être tiré.

LÉONARD.

Ah! crois-moi, ce ne sont ni les fatigues, ni les dangers, ni les privations de cette guerre qui m'ont pesé; mais je dois le dire; sans cesser de croire à la justice de la cause pour laquelle je combattais, j'aurais voulu avoir à la défendre contre d'autres ennemis. Bien souvent j'ai vu tourner contre moi l'arme d'un soldat que j'avais commandé, quand nous nous battions ensemble sur les côtes de Morée ou d'Afrique; et je les ai vus hésiter en me reconnaissant! comme eux j'ai plus d'une fois abaissé mon fusil en face d'un ancien ami. Mauvaise guerre que celle où la victoire fait reculer!.. Et puis, voyez-vous, c'est une horrible chose que d'avoir à quelques pas derrière soi la chaumière du soldat qui vous suit; de penser qu'une mère peut rencontrer dans son propre champ le cadavre de son fils qui vient d'être tué à vos côtés; de n'oser attaquer ou défendre une position sans craindre de porter ou d'attirer la mort et l'incendie sur la maison où la veille on a reçu l'hospitalité, et d'arracher ainsi à un malheureux le pain dont il vous a nourri... car telle est la guerre que nous faisions en ce pays; telle est toute guerre civile.

LASCY.

Donc, tu ne recommencerais plus?

LÉONARD.

Non... Fier de ce que j'avais fait, je m'en suis vanté devant mes juges, qui devaient le considérer comme un crime; cependant je suis libre... Croyez-moi, messieurs, nul homme ne cherche la mort à plaisir, quand elle ne peut servir à rien. En me soumettant à leur justice, je ne crains pas de l'avouer, je comptais sur leur générosité; elle ne m'a pas manqué. C'est un pacte d'oubli entre nous; j'y serai fidèle.

LOUIS, *entrant.*

Les chevaux sont prêts.

LÉONARD.

Allons donc, messieurs, et n'oubliez pas que le plus adroit sera proclamé le roi du festin.

LASCY, *prenant un fusil.*

En ce cas, gare aux perdrix.

VIGNEUL.

Aux perdrix rôties surtout.

LASCY, *sur la porte.*

Qu'est ceci? une voiture qui s'arrête à la grille; des retardataires sans doute.

LÉONARD, *en examinant son fusil.*

Je n'attends personne.

LASCY.

Ça m'a l'air pourtant de deux gaillards de bon appétit.

LÉONARD.

Ne les connais-tu pas?

LASCY.

Pas le moins du monde; l'un deux m'a l'air d'un militaire.

LÉONARD, *allant vivement dans le fond.*

Un ancien camarade, peut-être... *Regardant.)* Non, je ne connais ni l'un ni l'autre.

LASCY.

Ni moi!

VIGNEUL.

Ni moi; mais les voilà qui viennent; nous allons savoir ce qu'ils veulent.

SCENE III.

LÉONARD *redescend avec* VIGNEUL *jusqu'au milieu de la scène, à droite de l'acteur;* GEORGES *et* PHILIPPE *s'arrêtent un moment sur le seuil de la porte; ils entrent, saluent, et s'adressent à* LASCY, *qui est resté au fond.*

GEORGES.

Monsieur Léonard Asthon?

LASCY, *le montrant.*

Le voilà, messieurs.

Georges et Philippe remettent leur chapeau, et s'avancent lentement vers Léonard.

VIGNEUL, *à Léonard.*

Qu'est-ce que c'est que ces gens-là?

LÉONARD, *à Vigneul.*

Ils vont probablement nous le dire.

GEORGES, *avec hauteur, à Léonard.*

Vous êtes monsieur Léonard Asthon?

LÉONARD, *sur le même ton.*

Je suis Léonard Asthon en effet.

GEORGES.

Et moi, monsieur, je suis Georges de Chivri.

PHILIPPE.

Et moi, Philippe de Chivri.

LÉONARD, *après les avoir regardés des pieds à la tête.*

Eh bien, tant mieux pour vous, messieurs!

GEORGES, *à Philippe.*

Ah! c'est ainsi!

PHILIPPE.

Je m'y attendais.

GEORGES, *se rapprochant de Léonard.*

Un mot entre nous.

LÉONARD, *faisant signe à ses amis de se tenir à l'écart, et remettant son fusil à Vigneul.*

Volontiers!

Les amis s'éloignent.

GEORGES.

M'avez-vous bien entendu, monsieur ?

LÉONARD.

Parfaitement, monsieur; vous m'avez demandé si je m'appelais Léonard Asthon, je vous ai dit oui; vous m'avez dit que vous vous appeliez, vous, Georges de Chivri, et monsieur, Philippe de Chivri; et je vous ai répondu : Tant mieux pour vous.

GEORGES, s'animant.

Et ce nom est noble et pur, monsieur.

LÉONARD, avec mépris.

Tout nom est noble quand il est bien porté, c'est ce qui me reste à savoir pour le vôtre.

GEORGES, avec fureur.

Et c'est ce que je suis venu vous apprendre.

Il lui arrache le ruban qui est à sa boutonnière.

LÉONARD, *dans le premier mouvement, tire son couteau de chasse, puis il le jette avec violence.*

Misérable !

GEORGES, *se croisant les bras.*

Vos armes ?

LÉONARD.

L'épée.

GEORGES.

Votre heure ?

LÉONARD.

Tout de suite.

GEORGES.

Le lieu de la rencontre ?

LÉONARD.

Derrière mon parc, sur la lisière du bois, à la fontaine. Vigneul, va chercher mes épées.

Vigneul sort.

GEORGES.

Le temps de regagner notre voiture et de nous y rendre, vous nous y retrouverez.

PHILIPPE.

Tous deux monsieur.

LASCY, s'avançant.

Avec plaisir, monsieur, j'aime les parties carrées.

PHILIPPE.

Non, monsieur, ceci ne peut regarder que M. Asthon, il le sait; et si mon frère ne venge pas le nom de Chivri, ce sera mon tour.

LÉONARD.

Tous les deux, soit !... Vous avez raison, car c'est un duel à mort, je suppose.

GEORGES.

Vous m'avez compris cette fois.

Il sort avec Philippe.

SCENE IV.

LÉONARD LASCY, VIGNEUL, *avec les épées, et LES JEUNES GENS.*

LÉONARD.

Oh! merci, mon Dieu, de m'avoir rendu assez maître de moi-même pour que je n'aie pas étendu mort à mes pieds le misérable qui m'a insulté !

LASCY.

Il ne perdra rien pour attendre, sans doute; mais tu nous diras sans doute le motif de cette insulte.

LÉONARD.

Le motif de cette insulte!... Eh! mon Dieu ! Vigneul te le disait tout-à-l'heure; ils viennent réformer mon arrêt. Ah! c'est le leur qu'ils ont prononcé.

LASCY.

Non; ce n'est pas une querelle politique, ils m'auraient accepté pour second; c'est une querelle personnelle, ce Philippe l'a dit.

LÉONARD.

Personnelle ou non, il faut que je tue ces deux hommes, il le faut!

LASCY.

Et c'est trop juste; mais enfin, l'un de nous pourrait aller s'informer des motifs d'une pareille insulte. Quand on tue un homme, encore faut-il savoir pourquoi.

LÉONARD.

Pourquoi ? (*Il montre sa boutonnière.*) Ah! je ne les connais ni l'un ni l'autre, Lascy; j'ignore si, sans le savoir, je les ai blessés dans leur fortune ou leur réputation; je ne sais pas davantage s'ils sont de ceux qui prétendent réformer par leur épée le jugement qui m'acquitte; mais j'aurais déshonoré leur mère ou leur sœur, j'aurais, dans la guerre d'où nous sortons, porté la mort dans leur famille, qu'après un pareil outrage, je les tuerais, vois-tu, sans remords, sans pitié. Vigneul et toi, vous allez m'accompagner.

VIGNEUL.

Nous sommes prêts.

LÉONARD, *aux autres.*

Messieurs, je ne croyais pas que notre réunion serait troublée d'une manière si fatale; je croyais avoir tout fait pour prévenir un semblable malheur; des misérables ont voulu engager une lutte nouvelle, cette lutte, je l'accepte contre eux; je l'accepterai contre tous nos ennemis s'il le faut. Adieu, messieurs, quelle que soit l'issue de ce combat, une fête ne saurait le suivre. (*Ils sortent à droite de l'acteur; au domestique.*) Louis, dites que l'on fasse rentrer le chevaux. (*Aux témoins.*) Messieurs, à la fontaine du bois.

Ils sortent du côté opposé.

SCENE V.

LOUIS, *seul, les regardant s'éloigner.*

Tiens, c'est singulier, les voilà qui s'en vont les uns d'un côté, les autres de l'autre; puis il me semble que toutes les figures ont pris un air sérieux depuis la visite de tout-à-l'heure... Est-ce que ce serait quelques méchantes affaires?... Ma foi, s'il en est ainsi, au diable soient la visite et les visiteurs. (*Il va pour sortir.*) Mais il paraît que c'est aujourd'hui le jour des visites et des visiteurs; en tout cas, celui-ci n'est pas dangereux, je ne connais pas ce petit jeune homme, il a l'air bien affairé; le voici.

SCENE VI.

LOUIS, MARTIAL.

MARTIAL.

M. Léonard Asthon?

LOUIS.

Il est sorti.

MARTIAL.

Sorti pour long-temps?

LOUIS.

Je ne crois pas, monsieur.

MARTIAL.

Ne pourrai-je lui écrire?

LOUIS.

Voilà tout ce qu'il faut.

MARTIAL, *à part, sur le devant de la scène.*

N'oublions pas le peu de mots que Diane m'a recommandé de laisser pour lui, dans le cas où je ne le trouverais pas. Ah! si j'avais prévu ce qu'elle exigerait de moi, je ne lui aurais pas fait cette folle promesse; mais je lui ai juré; heureusement, je n'ai pas rencontré Léonard Asthon; j'aime mieux avoir à lui écrire que le voir en face de moi. Oh! j'aurais peut-être oublié que Diane espère encore en lui: écrivons.

Il s'assied et écrit pendant que Louis regarde au fond.

LOUIS.

Tiens, il paraît qu'il y a une dame avec ce jeune homme, la voilà qui regarde par la portière de sa voiture.

MARTIAL *plie la lettre, et la montre à Louis, qui redescend.*

Dès que M. Asthon sera rentré, donnez-lui ce billet, et dites-lui que la personne qui le lui a fait écrire attend la réponse ici près, dans la voiture qui est au bout de l'avenue.

LOUIS.

Oui, monsieur. (*Martial va pour sortir.*) Mais pardon, il paraît que cette lettre est très-pressée?

MARTIAL.

Très-pressée.

LOUIS.

En ce cas, monsieur, si la personne qui attend la réponse désire voir M. Asthon tout de suite, je puis vous dire où vous le trouverez; car j'y pense, il n'a pas dit formellement qu'il eût l'intention de rentrer lorsqu'il s'est séparé de ses amis.

MARTIAL.

M. Asthon était donc ici tout-à-l'heure?

LOUIS.

Oui, monsieur, il y avait grand déjeuner au château; puis ces messieurs devaient tous aller à la chasse; mais il paraît que la partie a été rompue par l'arrivée de deux étrangers.

MARTIAL, *vivement.*

L'arrivée de deux étrangers, dites-vous?

LOUIS.

Oui, monsieur, deux hommes, dont l'un...

MARTIAL, *avec anxiété.*

Est militaire, n'est-ce pas?

LOUIS.

C'est possible, car il est décoré et porte des moustaches.

MARTIAL, *à part.*

C'est Georges... Ah! mes frères nous ont devancés. (*Haut.*) Et ces étrangers où sont-ils?

LOUIS.

Je ne puis vous le dire; mais à peine ont-ils été sortis que la société s'est séparée, et que M. Asthon, accompagné de deux de ses amis, s'est dirigé vers la lisière du bois, du côté de la fontaine.

MARTIAL, *à part, très-agité.*

Ah! c'est cela, nous sommes arrivés trop tard, mais je puis peut-être encore prévenir ce combat. (*Haut.*) Mon ami, dites-moi, de quel côté puis-je trouver votre maître?

LOUIS.

Au bout du parc, là-bas, à la fontaine.

MARTIAL.

J'y cours! Oh! pauvre Diane! pauvre sœur!

LOUIS.

Par ici; en suivant cette allée vous arriverez juste à la fontaine.

MARTIAL.

Merci, merci!... Ah! mon Dieu, faites que je n'arrive pas trop tard.

Il sort en courant.

SCENE VII.

LOUIS, *seul.*

Comme il court; ma foi, il a laissé là sa lettre. (*Il la prend.*) Elle est probablement inutile à présent; s'il revient, je la lui rendrai; le voilà déjà bien loin; le petit jeune homme est pressé, ou la dame qui l'envoie est bien impatiente de voir M. Asthon. (*Il va pour sortir.*) Tiens, il paraît qu'elle n'aime pas attendre non plus, la voilà qui descend de sa voiture; c'est singulier, elle marche comme si elle était malade, en s'appuyant sur le bras de son domestique. Est-ce que je me trompe? on dirait qu'elle est aveugle; c'est que c'est vrai, elle est aveugle.

SCENE VIII.

LOUIS, DIANE, UN DOMESTIQUE.

LE DOMESTIQUE, *sur la porte.*

Voici quelqu'un, mademoiselle, à qui vous pourrez vous informer.

DIANE, *très-émue.*

C'est bon... laissez-moi. (*A Louis.*) Ne suis-je pas chez M. Léonard Asthon?

Le domestique s'éloigne.

LOUIS.

Oui, mademoiselle... entrez, entrez.

DIANE.

Dites-moi, savez-vous si un jeune homme est venu le demander tout-à-l'heure, il n'y a qu'un instant?

LOUIS.

C'est à moi qu'il s'est adressé.

DIANE.

Et a-t-il vu M. Asthon?

LOUIS.

Non, mademoiselle; mais je lui ai dit où il pourrait le trouver, et il y a couru sur-le-champ.

DIANE, *à part.*

Ah! tant mieux!... Je tremblais que Martial n'eût oublié ce qu'il m'avait promis.

LOUIS.

Si, comme je le suppose, mademoiselle veut voir M. Asthon, elle serait mieux dans ce salon que dans sa voiture, pour attendre son retour.

DIANE.

Vous pensez donc qu'il va revenir?

LOUIS.

Je n'en doute pas.

DIANE.

Eh bien! dès qu'il sera arrivé, prévenez-le qu'une dame l'attend, et qu'elle désire le voir seul... entendez-vous, tout seul.

LOUIS.

Oui, mademoiselle... Tenez, mettez-vous là... je vais le guetter.

DIANE.

Merci, mon ami... merci!

LOUIS.

Pauvre demoiselle!... quelle figure d'ange!... et être aveugle!... c'est bien triste... bien triste!

Il sort.

SCENE IX.

DIANE, *seule.*

Me voici dans sa maison, et il va venir!... Que lui dirai-je, mon Dieu!... Hélas! dans le premier transport de mon désespoir, je n'ai pas pensé que ma mère n'avait pu se résoudre à avouer ce fatal secret à mon père sans avoir tenté de le fléchir, lui... Si la voix de l'honneur n'a pu le ramener, que lui feront les larmes d'une jeune fille qu'il n'aime plus, qu'il n'a jamais aimée?... O mon Dieu! mon Dieu! inspirez-moi... Vous savez si je suis coupable... O mon Dieu! vous qui avez été assez cruel pour ne pas me laisser mourir de mon désespoir, prenez pitié de moi aujourd'hui... Parlez par ma voix à ce cœur inflexible... Ce n'est pas pour moi que je vous implore; ce n'est pas le bonheur que je viens lui demander... c'est l'honneur de mon père... le salut de mes frères... O mon Dieu! n'est-ce pas assez d'une victime pour un crime que je n'ai pas commis?... Mes frères... ils vont venir... sans doute, ils vont ve-

nir... Ah! malheur à moi, s'ils m'avaient devancée!... ce serait la mort pour eux et pour lui!... Et Martial ne revient pas... Martial!... oh! tiendra-t-il sa promesse?... sera-t-il resté calme en face de cet homme?... Il ne revient pas!... et personne, personne à qui parler... Martial!... Martial!

SCENE X.

LOUIS, DIANE.

LOUIS.

Mademoiselle!...

DIANE.

Ah! c'est vous!... Eh bien?...

LOUIS.

Voici M. Léonard Asthon.

DIANE.

Lui!... Et mon frère est-il avec lui?

LOUIS.

Ce jeune homme de tout-à-l'heure?

DIANE.

Oui.

LOUIS.

Non, mademoiselle.

DIANE, *à part.*

Oh! il m'a tenu sa parole, il m'attend sans doute.

LOUIS.

Mais M. Asthon n'est pas seul; l'un de ses amis l'accompagne.

DIANE.

Oh! je ne veux pas qu'il me voie... je ne le veux pas.

LOUIS.

Eh bien! mademoiselle, venez... venez par ici; je vais vous conduire dans un autre appartement, et sitôt que M. Asthon sera seul, je viendrai l'avertir.

DIANE.

Oui; emmenez-moi... emmenez-moi.

Ils sortent par une porte d'intérieur, à gauche de l'acteur.

SCENE XI.

LASCY, LÉONARD, *rentrant par la porte du fond à droite.*

LÉONARD, *s'asseyant.*

Tu avais raison, Lascy; cette affaire cache un horrible mystère.

LASCY.

Et cependant, quand j'y pense, tu avais raison aussi... Après l'insulte qu'on t'avait faite, il n'y avait pas d'explication à demander... Il fallait se battre.

LÉONARD, *réfléchissant.*

Deux frères qui s'entendent pour me provoquer!... deux frères!... et lorsque celui qui m'a insulté tombe frappé de mort, l'autre prend sa place, et m'attaque à son tour.

LASCY.

Oui, aussi froid, aussi résolu que s'il n'avait pas vu tomber son frère.

LÉONARD.

Ah! je n'avais pas compris le geste terrible avec lequel il nous a imposé silence quand il a saisi son épée... Mais quand j'ai vu s'avancer vers nous cette pâle figure de vieillard, qui, les mains levées vers le ciel, semblait le prier et me maudire, j'ai senti comme un remords... et j'ai hésité à accepter ce second combat; mais l'insensé m'a frappé au visage du plat de son épée; je n'ai plus rien vu alors que cet homme... je me suis défendu en aveugle comme il m'attaquait... j'avais soif de son sang comme lui du mien... et je ne me suis réveillé de ce funeste délire que lorsqu'il est tombé en appelant son père... car c'était leur père qui était là.

LASCY.

Oui, leur père.

LÉONARD.

Un père qui assiste au duel de ses fils!... mais c'est horrible!

LASCY.

Et rien ne t'explique cet acharnement fatal?... car c'était une haine profonde que celle qui poussait ce père, ces deux fils, et jusqu'à ce faible enfant...

LÉONARD.

Oui, jusqu'à ce faible enfant, qui, arrivé tout haletant sur ce champ de bataille, a ramassé pour la troisième fois cette épée inutile à ses deux frères, et qui me criait dans le transport de sa douleur : A moi! à moi! à moi!... je suis un Chivri aussi!... je suis le dernier frère de Diane. Le dernier frère de Diane! tu l'as entendu, Lascy?

LASCY.

Oui; et ce qui, m'a surtout frappé, ce sont les paroles solennelles de ce malheureux vieillard, lorsqu'il a entraîné son dernier fils, ce brave et généreux enfant : Viens... viens, lui a-t-il dit; il nous a jeté la honte... c'est la honte que je lui rendrai.

LÉONARD.

La honte, à moi! la honte!... Et pour quel crime... pour quelle lâcheté?

LASCY.

Pour un crime ou pour une lâcheté... non... Mais dans nos folies d'officiers, nous avons plus d'une fois, pour un bon mot, joué la réputation de plus d'une belle dame... Et un propos inconsidéré sur quelque femme de la famille de M. de Chivri...

LÉONARD.

Jamais... jamais!... car c'est un jeu où l'on perd à la fois son honneur et celui des autres; mais d'ailleurs, il y a une heure, je ne connaissais ni M. de Chivri, ni ses fils, ni sa fille, s'il en a une.

LASCY.

J'aperçois Vigneul; il a dû interroger l'un des officiers qui servaient de témoins à MM. de Chivri : il saura quelque chose.

Vigneul entre.

SCENE XII.

LÉONARD, VIGNEUL, LASCY.

LÉONARD.

Eh bien! que t'a appris cet officier?

VIGNEUL.

Rien qui puisse nous éclaircir... Il a été, m'a-t-il dit, dans le même régiment que Georges de Chivri... Celui-ci a passé chez lui ce matin à la pointe du jour, en le priant de lui servir de témoin dans une affaire qui n'admettait pas d'explication, et il n'a pas cru devoir refuser ce service à un ancien camarade... Il est monté dans sa voiture, et il l'a suivi.

LÉONARD.

Mais ils étaient donc décidés à se battre lorsqu'ils sont venus? ils n'avaient donc pas prévu qu'une explication fût possible?... Mais cette insulte qu'ils venaient venger est donc bien infâme? En vérité, c'est à en perdre la raison.

SCENE XIII.

LES MÊMES, LOUIS.

LOUIS.

Monsieur.

LÉONARD.

Qu'est-ce?

LOUIS.

Quelqu'un qui désire parler à monsieur.

LÉONARD.

Je ne veux recevoir personne... personne absolument, m'entendez-vous?

LOUIS.

Pardon... mais est-ce que monsieur n'a rencontré un jeune homme qui est allé le chercher à la fontaine du bois?

LÉONARD, *vivement.*

Un enfant frêle, débile.

LOUIS.

Oui, monsieur.

LÉONARD.

Est-ce qu'il est venu ici?

LOUIS.

Oui, monsieur; et comme vous étiez sorti, il vous a écrit un mot.

LÉONARD.

Donne donc, malheureux.

LOUIS, *remettant le billet de Martial.*

Le voilà, monsieur.

LASCY, *pendant que Léonard lit.*

Peut-être allons-nous enfin apprendre quelque chose.

VIGNEUL.

Hé bien ?

LÉONARD, *après avoir lu.*

Ecoutez : « Monsieur, une femme dont la vie
» et l'honneur dépendent de vous, vous demande
» de vouloir bien l'entendre un moment. Elle at-
» tend votre réponse. »

LASCY.

Point de signature.

LÉONARD.

Point de signature... Mais cette femme qui est-
elle ?... Et où la retrouver maintenan

LOUIS.

Elle est ici.

TOUS.

Ici ?

LOUIS.

Oui, monsieur, oui ; comme vous l'annonce
cette lettre, elle attendait la réponse dans sa voiture. Ennuyée de ne pas voir revenir son frère
qui était allé vous chercher, elle est descendue, et
elle s'est fait conduire dans la maison... car, j'ai
oublié de vous le dire, cette jeune dame est aveugle.

TOUS.

Aveugle !

LOUIS.

Oui ; mais belle comme un ange, malgré ça.

LÉONARD, *avec impatience.*

Enfin, elle est venue ici ?

LOUIS.

Et elle m'a demandé M. Asthon... C'est alors que
je lui ai proposé d'attendre dans ce salon.

LÉONARD.

Dans ce salon ; et pourquoi l'a-t-elle quitté ?

LOUIS.

Parce que je lui ai dit que vous n'étiez pas
seul, et qu'elle veut vous voir seul ; elle me l'a
bien recommandé.

VIGNEUL.

Quelle peut être cette femme ?

LASCY.

Eh ! pardieu ! on vient de te le dire, la sœur de
ce jeune homme, cette Diane dont le nom...

LOUIS.

Oui, monsieur, c'est cela... car j'ai entendu son
frère qui s'écriait en s'en allant : Pauvre Diane !

LÉONARD.

Lascy, Vigneul, laissez-moi... Je vais savoir...
je vais apprendre enfin le secret de cette horrible
affaire. Ah ! il doit y avoir dans tout ceci une affreuse trahison, un crime inouï.

LASCY.

Et que soupçonnes-tu ?

LÉONARD.

Je n'ose vous le dire... mais si ce que je suppose était vrai... ah ! ce serait une lâcheté dont
jamais on n'a vu d'exemple.

VIGNEUL.

Nous allons t'attendre chez toi.

Ils sortent.

SCENE XIV.

LÉONARD, LOUIS.

LÉONARD.

Louis, ferme ces portes... Va chercher cette
dame, et dis-lui qu'un ami, qu'un parent de
M. Asthon va la recevoir. Tu entends bien ? un
parent de M. Léonard Asthon.

LOUIS.

Oui, monsieur.

LÉONARD, *seul.*

Peut-être pourrai-je découvrir ainsi la vérité
que je cherche et qui m'épouvante. Je vais donc
parler à cette femme dont je viens de tuer les
deux frères ; à cette femme qui semble avoir été
ma victime, et que je ne connais pas ! En vérité,
si je ne sortais de ce funeste combat, si je n'a-
vais encore sous les yeux le spectacle de ces
frères morts, de cet enfant en délire et de ce vieillard désolé... en vérité, je croirais rêver... La
voici... Quel noble visage !... mais quelle douleur ! et que cette femme a dû souffrir !

LOUIS , *rentrant avec Diane.*

Je me suis trompé, mademoiselle, ce n'était
pas M. Léonard Asthon... mais un de ses parens.

LÉONARD.

Louis, laissez-nous.

SCENE XV.

LÉONARD, DIANE.

DIANE, *cherchant à retenir Louis qui sort.*

Non, non, monsieur, j'avais souhaité parler à
M. Léonard Asthon... à lui seul... Je dois me retirer, puisque je ne l'ai pas rencontré.

LÉONARD.

Ne pourriez-vous dire à son ami le plus cher...
ce que vous vouliez lui demander ?

DIANE.

Je n'ai plus rien à demander à M. Asthon lui-
même, monsieur ; le refus qu'il fait de me recevoir m'en dit assez... C'est ma... condamnation.

LÉONARD.

Votre condamnation... mais Léonard n'a pas
refusé de vous recevoir.

DIANE.

Pourquoi donc n'est-il pas ici ?

LÉONARD, *à part.*

Elle ne me connaît pas. (*Haut.*) Mais si c'était lui qui vous parle ?

DIANE.

Lui ? ah ! monsieur, je ne sais qui vous êtes ; mais il y a de la cruauté à espérer tromper une pauvre femme aveugle... Lui, dites-vous ? lui qui me parle ?... Je connais Léonard Asthon, monsieur.

LÉONARD.

Vous le connaissez ?

DIANE.

Oh ! oui... je le connais.

LÉONARD, *à part.*

C'est donc vrai... un autre !... ah je découvrirai l'infâme. (*Haut.*) Ainsi vous connaissez Léonard Asthon ?

DIANE.

Dieu m'a refusé de voir le jour qu'il a fait et le visage de ceux à qui je parle... mais si au milieu de ce château où je suis perdue, j'avais entendu un seul accent de sa voix... oh ! je l'aurais reconnue au milieu du murmure de mille autres ; elle m'eût éclairée, elle m'eût guidée, et j'aurais couru vers lui, pour lui demander grâce et pitié.

LÉONARD.

Vous, demander grâce et pitié à Léonard Asthon... et pourquoi ?

DIANE.

Ah ! monsieur... qui que vous soyez, n'abusez pas du trouble d'une infortunée, du désordre d'un cœur désespéré... laissez-moi... laissez-moi fuir. Ah ! il n'a pas voulu sans doute ajouter à son crime celui de me livrer à la risée de ses amis.

LÉONARD.

Lui, lui, Léonard Asthon... vous ne pouvez le croire... mais c'est un homme d'honneur... mais c'est un noble et brave soldat... mais il est incapable d'une pareille infamie !

DIANE.

Mais, encore une fois, pourquoi n'est-il pas ici ?

LÉONARD, *après avoir hésité.*

Eh bien, je dois vous l'avouer, le billet que vous lui avez fait écrire ne lui est point parvenu ; c'est dans mes mains qu'il est tombé.

DIANE.

Et vous avez abusé...

LÉONARD.

J'en avais peut-être le droit. Écoutez-moi, je vous en prie : supposez que ce soit le père de Léonard Asthon qui soit devant vous et qui vous interroge.

DIANE.

Son père ?

LÉONARD.

Supposez que tout ce que je puis vous dire en

son nom soit sacré comme si ces paroles passaient par la bouche d'un vieillard qui ne saurait mentir.

DIANE.

D'un vieillard ?... Êtes-vous véritablement un vieillard, monsieur ?... Oh ! ne me trompez pas... ce serait affreux... Je ne vous vois pas, moi... Oh ! par grâce ! qui êtes-vous ?

LÉONARD.

Ne me demandez pas qui je suis ; mais recevez le serment que je fais devant Dieu que vous êtes en face d'un homme pour qui vous êtes sainte et respectable, d'un homme qui dès ce moment se voue à partager votre vie et votre honneur, d'un homme qui fait sa cause de la vôtre, d'un homme qui vous sauvera.

DIANE.

Je vous crois, monsieur ; je sens à votre accent que vous dites la vérité... Non, ce n'est pas ainsi qu'on ment... Eh bien donc, monsieur...

Elle s'arrête et écoute autour d'elle.

LÉONARD.

Nous sommes seuls.

DIANE.

Eh bien ! monsieur... sauvez ma vie et celle de mes frères.

LÉONARD, *à part.*

Ah ! malheureux !... la vie de ses frères...

DIANE.

Allez à Léonard, dites-lui que je suis ici... dites-lui que je lui demande qu'il rende l'honneur à la pauvre fille qu'il a perdue à l'heure où elle venait de le sauver.

LÉONARD.

De sauver Léonard Asthon ?

DIANE.

Oui, Léonard Asthon... Mais vous ne savez donc rien, monsieur ?

LÉONARD.

Rien de cet affreux secret ; mais parlez, au nom du ciel ! parlez... il faut que je sache tout ; il le faut, entendez-vous ?... car il faut que je vous sauve, maintenant !

DIANE.

Je ne puis vous comprendre... Mais vous, son ami, vous devez savoir qu'il a été proscrit ?

LÉONARD.

Oui, cruellement proscrit.

DIANE.

Vous devez savoir qu'il a cherché un asile à quelques lieues d'ici.

LÉONARD.

Aux environs d'Ancenis.

DIANE.

Et vous savez sans doute où il a trouvé cet asile ?

LÉONARD.

Je le sais.

DIANE.

Eh bien! monsieur, je suis Diane de Chivri, la petite-fille de Mme de Kermic, de celle dont il a si lâchement trahi l'hospitalité.

LÉONARD.

L'hospitalité de Mme de Kermic!... A mon tour je ne vous comprends plus.

DIANE.

Mais vous me trompez donc, monsieur? vous ne connaissez pas Léonard Asthon!

LÉONARD.

Écoutez-moi, mademoiselle, et que Dieu prête à mes paroles un accent qui vous persuade. Vous accusez Léonard Asthon, et moi je ne puis le croire coupable... une fatalité horrible a dû peser sur sa destinée et sur la vôtre; mais si affreux que soit votre malheur, il n'est peut-être pas irréparable... parlez, parlez, au nom du ciel!

DIANE.

Eh bien! soit, monsieur!... je vous en ai assez dit pour que vous sachiez tout. Mon Dieu! regardez celui à qui je parle pour moi qui ne puis le voir, et qu'il tremble devant vous, s'il se joue de ma douleur!

LÉONARD.

Oh! ce Dieu que vous invoquez, je l'invoque aussi, moi, et c'est pour tous deux maintenant...

DIANE.

Qu'il soit donc entre nous! et maintenant écoutez-moi. Léonard, poursuivi, perdu, abandonné de tous, errait aux environs du château de ma mère. Elle ne le connaissait pas, monsieur; mais elle l'aimait, elle l'aimait pour ses nobles qualités, son courage, ses vertus... moi aussi, monsieur, qui écoutais chaque jour le récit de ses exploits, moi, à qui l'on semblait se plaire à le peindre comme un héros; moi, qui le croyais noble et grand... je l'aimais!

LÉONARD.

Vous l'aimiez?

DIANE.

Ah! oui, je l'ai bien aimé!... Un jour, on vint nous dire qu'il n'avait plus d'asile; c'est alors que ma mère lui en fit offrir un. Léonard accepta; il fut caché dans un pavillon qui m'appartenait. C'est là que tous les jours j'allais près de lui, souvent seule, car ma pauvre mère était tombée malade... oui, monsieur, tous les jours j'y allais, tous les jours je l'écoutais... il me racontait ses dangers, ses combats, sa périlleuse existence, et tous les jours je l'aimais davantage.

LÉONARD.

Et lui?

DIANE.

Il m'aimait aussi, il me le disait du moins... il me disait qu'il m'aimait, à moi, à une pauvre aveugle qui jusque là n'avait inspiré que de la pitié. Oh! si vous saviez, monsieur, quand tout ce qui vous entoure vous parle comme à une in-

fortunée qu'on ne peut que plaindre, si vous saviez comme une voix qui lui parle d'amour remplit son cœur de joie! Avec lui, ma vie ne me semblait plus vide et obscure; il avait donné à mon ame le jour qui manque à mes yeux... quand il me parlait du ciel, je croyais le voir. Il m'aimait!... j'ai été bien folle de le croire, monsieur, n'est-ce pas? mais je l'aimais, moi, et je le croyais!

LÉONARD.

Le misérable!

DIANE.

Oui, pendant deux mois il se joua de cet amour insensé qu'il excitait en moi. Enfin, un soir, des soldats envahirent le château; je courus au pavillon; toutes les issues étaient fermées... Il n'y avait qu'un moyen de le sauver, monsieur : c'était de faire croire que j'habitais seule le lieu où il était caché. Ce stratagème m'avait déjà réussi, et les soldats s'étaient retirés sans le visiter; mais cette fois ils insistèrent, et moi, je voulais le sauver. Il s'était réfugié au fond d'une profonde alcôve, nous étions dans l'obscurité... j'osai tout, et lorsque les soldats entrèrent avec des flambeaux, ils ne virent qu'une femme dans ce lit, et ils s'arrêtèrent.

LÉONARD.

Grand Dieu!

DIANE.

Oui, monsieur, voilà ce que j'ai fait, et ces soldats en me voyant ainsi, moi, pauvre fille aveugle, ces soldats se retirèrent sans oser franchir le seuil de cette chambre, ils se retirèrent et me laissèrent seule avec lui, seule, et alors, monsieur, il ferma cette porte que les soldats avaient respectée, et lui que je venais de sauver, lui...

LÉONARD.

Lui...

DIANE, avec désespoir.

J'aurais pu appeler au secours et le perdre; mais je l'aimais et il n'y eut que moi de perdue!

LÉONARD.

Ah! l'infâme! l'infâme!

DIANE.

Oh! oui, bien infâme, n'est-ce pas? et moi bien malheureuse!... Eh bien! monsieur, le lendemain, quand je retournai dans ce pavillon, la honte sur le front, rien, rien... il n'y était plus.

LÉONARD.

Oh! que vous avez dû souffrir!

DIANE.

Mais ce n'était pas tout... depuis ce temps, pas un mot, pas une nouvelle de lui! je restai seule sans pouvoir lire, écrire, interroger, avec un affreux secret dans le cœur... et lorsque ma mère a surpris ce secret à mon désespoir, c'est pour lui, pour lui seul que j'ai prié. Elle lui a écrit; il n'a pas répondu. Enfin, désespérée, elle a fait venir mon père et mes frères, et ne pouvant me rendre l'honneur, elle leur a fait jurer de me venger... ils l'ont juré, monsieur, ils l'ont juré devant moi...

Ils vont venir pour cela, et c'est pour cela que je suis venue, pour empêcher ce combat infâme, car il ne peut pas tuer mes frères après m'avoir déshonorée.

LÉONARD.

Oh! malheur! malheur!

DIANE.

Vous comprenez cela, monsieur, vous le comprenez, et il peut nous sauver, s'il le veut. Écoutez, je ne lui demande que son nom, un jour, une heure, s'il le faut, et je vous jure à vous, à lui... je vous jure devant Dieu que j'offenserai, que ce ne sera pas pour lui une longue chaîne... Je n'ai pas long-temps à vivre, monsieur, j'ai trop souffert pour cela! mais si Dieu était assez implacable pour me faire plus forte que mon malheur, je vous le jure, je me tuerai.

LÉONARD.

Malheureuse!

DIANE.

Oui, je me tuerai, non pour lui, je puis vous le dire à vous, mais pour moi... Je ne l'aime plus maintenant, je le méprise.

LÉONARD.

Léonard Asthon... oh! ne le méprisez pas...

DIANE.

Ne pas le mépriser...

LÉONARD.

O Diane, ange sacré de misère et de douleur, je vous jure que si Léonard peut encore quelque chose dans ce monde, il réparera votre honneur et vous sauvera. Ah! ne le méprisez pas avant de tout savoir.

DIANE.

Mais qu'y a-t-il encore, et qu'avez-vous à m'apprendre?

LÉONARD.

Je ne puis rien vous dire, je ne dois rien vous dire; mais souvenez-vous des paroles que je prononce ici devant ce Dieu que vous avez invoqué: Quoi que vous puissiez apprendre, quoi que vous ayez à souffrir encore, soyez forte pour vivre. Ne condamnez pas Léonard et comptez sur la justice du ciel et sur lui.

DIANE.

Sur lui?

LÉONARD.

Oui, sur Léonard Asthon, qui n'a pas conquis par le mensonge la renommée d'un noble cœur et d'un honneur sans tache; sur Léonard Asthon, incapable d'une lâcheté, je vous l'atteste, et au nom duquel je ne vous ai pas vainement promis de vous sauver; sur Léonard Asthon enfin, comme vous l'avez aimé.

DIANE, *lui tendant la main.*

Dieu le veuille, monsieur!

LÉONARD.

Prenez ma main, madame; vous pouvez vous y appuyer sans crainte qu'elle vous manque ou qu'elle vous trahisse!

DIANE.

Je le crois; car il y a des cicatrices à cette main, c'est celle d'un vieux soldat.

ACTE QUATRIEME.

Un salon. Portes au fond et sur les côtés.

SCÈNE PREMIERE.

MARTIAL, M. DE CHIVRI.

M. DE CHIVRI, *assis, la tête dans ses mains; une épée nue est sur la table.*

Morts tous les deux! morts!... Georges! Philippe!... O mes fils! mes fils!

Il tombe accablé, la tête appuyée sur la table.

MARTIAL, *à part, en considérant son père.*

Et Diane!... hélas! en quittant le lieu du combat, entraîné par le désespoir de mon père, j'ai oublié qu'elle m'attendait... La malheureuse... qu'est-elle devenue?

M. DE CHIVRI, *toujours accablé.*

O mes enfans!... mes enfans!... Philippe!... Georges!...

MARTIAL.

Pauvre sœur! il n'a pas encore prononcé son nom! et je n'ose lui dire que je sais la vérité... qu'elle est ici! et je ne puis le quitter. Oh! c'est affreux! Mais peut-être que, fatiguée de m'attendre, elle va revenir ici! ah! que du moins il la voie pas encore, s'il doit jamais la revoir.

Martial monte au fond et ferme la porte; un domesti- paraît.

M. DE CHIVRY.

O mon Dieu! vous avez été implacable!

MARTIAL, *au domestique.*

Ce matin, quand je suis arrivé dans cet hôtel j'étais avec une jeune dame.

LE DOMESTIQUE.

Oui, monsieur.

MARTIAL.

Si elle revenait, pendant que je suis avec mon père, vous m'avertirez... mais vous ne la laisserez pas monter. (*Le domestique sort.*) Ah! il l'accablerait de sa colère et de son désespoir!

M. DE CHIVRI.

Et je les ai vus tomber tous deux! et je ne les ai
pas pu venger, moi! car, lorsque j'ai voulu le punir, il a eu pitié de ma vieillesse... pitié!...et il ne
me reste plus qu'une misérable vengeance! il ne
me reste plus qu'à le traîner devant les tribunaux!
et cette vengeance, je la paierai de l'honneur de
mon nom... C'est ma honte qu'il faudra rendre
publique pour obtenir la sienne!... (*Se levant.*)
Oh! qui me vengera donc, mon Dieu!

MARTIAL, *s'avançant.*

Moi, mon père! moi!

M. DE CHIVRI, *revenant à lui.*

Toi, mon fils!... mon enfant!... toi qui me
restes seul! toi, ô Martial! n'oublie pas le serment que tu m'as fait!...

MARTIAL.

J'espérais que vous l'aviez oublié, vous!

M. DE CHIVRI.

Pauvre enfant!... que voudrais-tu faire? Tenter
un nouveau combat contre cet homme qui te tuerait!

MARTIAL.

Ah! mon père!...

M. DE CHIVRI.

Il te tuerait aussi!

MARTIAL.

Dieu serait juste une fois!

M. DE CHIVRI.

Martial! Martial!... j'ai été bien coupable et
bien cruel pour tes frères, mais pas pour toi!...
Tu me dois obéissance... eh bien! je te l'ordonne
devant Dieu!... je te le demande à genoux...
jure-moi, jure-moi sur l'honneur que tu ne cher-
cheras pas cet homme?... que tu ne te battras pas
avec lui?...

MARTIAL.

us l'ai déjà promis.

M. DE CHIVRI.

Encore?... encore?... Mon Dieu! mon Dieu!...
Mais ne vois-tu pas que je n'ai plus que toi en ce
monde?... Aie pitié de moi!... mon fils, aie du
courage!... ne te bats pas!

MARTIAL.

Oui, oui, mon père! j'aurai ce courage...

M. DE CHIVRI, *tombant sur son siége.*

Merci, Martial, merci!... Oh! ce n'est pas de
mourir qui est difficile... crois-moi!

Un domestique entre.

SCENE II.

LES MÊMES, UN DOMESTIQUE.

MARTIAL.

Qu'est-ce donc?

LE DOMESTIQUE.

M. Delaunay... (*bas*) l'un des témoins de
M. Georges... il voudrait vous parler.

MARTIAL.

J'y vais.

Il va pour sortir.

M. DE CHIVRI, *se levant.*

Faites entrer M. Delaunay.

MARTIAL.

Mais, mon père, en ce moment...

M. DE CHIVRI.

Mon fils, je ne crains pas qu'on me voie pleurer... (*Au domestique.*) Qu'il entre.

Il paraît plus calme.

SCENE III.

MARTIAL, M. DE CHIVRI, M. DELAUNAY.

DELAUNAY, *bas à Martial.*

J'espérais vous parler seul.

M. DE CHIVRI.

Monsieur, je puis entendre ce que vous avez à
dire.

DELAUNAY.

Monsieur le comte, j'aurais voulu vous épargner la douleur d'entendre les détails dont je venais faire part à M. votre fils.

M. DE CHIVRI.

Parlez, monsieur, parlez!

DELAUNAY.

Veuillez m'excuser, monsieur... mais...

M. DE CHIVRI, *vivement.*

Ce n'est pas un secret entre vous, je suppose.

DELAUNAY.

Hélas! non, monsieur; mais je ne me sens pas
la force de dire...

M. DE CHIVRI.

Ah! prenez garde!... ce n'est pas vous qui de-
vriez manquer de courage.

DELAUNAY.

Eh bien, monsieur, nous avons dû, après le
combat, faire transporter les corps de vos...

M. DE CHIVRI, *pleurant.*

O mon Dieu!... mon Dieu!...

DELAUNAY.

Mais tout cela est inutile... et...

M. DE CHIVRI, *se remettant.*

Continuez, monsieur, continuez.

DELAUNAY.

Ils sont demeurés dans la chaumière où ils ont
été transportés. L'autorité, avertie de ce déplora-
ble événement, s'est présentée...

M. DE CHIVRI, *vivement.*

L'autorité?

DELAUNAY.

Oui, monsieur, et elle a ordonné qu'ils seraient inhumés sur le territoire de la commune où le combat a eu lieu.

M. DE CHIVRI.

Je vous remercie, monsieur, des tristes soins que vous avez pris... Mais pourquoi... pourquoi cette inhumation ne peut-elle avoir lieu dans la ville de Nantes même ?

DELAUNAY.

Monsieur le comte, tous les hommes honorables partagent votre affliction; mais les magistrats ont craint qu'un si funèbre cortége, traversant les rues d'une ville où tant de passions murmurent encore, n'excitât contre l'auteur de vos malheurs, et peut-être contre tous ceux de son parti, un soulèvement qui pourrait amener les plus coupables excès.

M. DE CHIVRI.

On aurait raison, monsieur, si l'on considérait comme un duel politique le combat où mes fils ont succombé... Mais j'espère que demain la ville de Nantes saura combien leur conduite a été sainte et légitime... En attendant, permettez-moi de vous demander un nouveau service.

DELAUNAY.

Disposez de moi, monsieur. Je suis à vos or-
tres ; j'ai été l'ami, le camarade de Georges.

M. DE CHIVRI.

Merci, monsieur. Veuillez attendre un moment. (*A Martial.*) Maintenant, mon fils, à notre devoir !...

MARTIAL.

Qu'allez-vous faire ?

M. DE CHIVRI.

Venger tes frères !... il est temps.

Il s'assied et écrit.

MARTIAL, *amenant Delaunay de l'autre côté de la scène.*

Monsieur, rendez-moi un service aussi à moi ?

DELAUNAY.

Lequel ?

MARTIAL.

Demandez à mon père que je vous accompagne...

DELAUNAY.

Vous voulez quitter votre père, monsieur ?

MARTIAL.

Il le faut... je le dois.

DELAUNAY.

Vous voulez, n'est-ce pas, vous rendre chez M. Asthon ?

MARTIAL.

Non, monsieur, non, cela ne m'est plus per-
mis... J'ai juré sur l'honneur à mon père de ne pas provoquer un nouveau combat !... Le devoir que j'ai à remplir est plus douloureux que vous ne pouvez le supposer.

DELAUNAY.

Je ne veux savoir qu'une chose. Vous ne sortez pas pour vous battre ?

MARTIAL.

Non, je vous le jure.

DELAUNAY.

Alors, j'essaierai.

M. DE CHIVRI, *se levant avec la lettre.*

Soyez assez bon, monsieur, pour vouloir bien aller porter vous-même cette lettre à M. le procureur du roi. En lui donnant avis de l'accusation que je dois porter, je ne lui ai peut-être pas suf-
fisamment expliqué ce qui m'empêche de me ren-
dre chez lui, comme je le devrais... mais, quand vous lui aurez dit la vérité, quand vous lui aurez dit que c'est un père au désespoir, il comprendra que je ne puis sortir, et voudra bien venir près de moi.

DELAUNAY.

Je n'en doute pas, monsieur... Mais ne pensez-
vous pas que si monsieur votre fils m'accompa-
gnait...?

M. DE CHIVRI, *allant vivement à Martial.*

Lui, me quitter, monsieur !... lui ! non, monsieur, non !...

MARTIAL.

Mais, mon père !...

M. DE CHIVRI, *avec tristesse et reproche.*

Martial !... ô Martial !...

MARTIAL.

Je reste, mon père... je reste !

DELAUNAY.

Je me retire...

Il salue et sort.

***

SCENE IV.

M. DE CHIVRI, MARTIAL.

M. DE CHIVRI.

Tu veux me quitter, mon fils !... tu veux me quitter... Mais tu ne sais pas tout, toi !... Nous n'avons pas encore parlé de Diane.

MARTIAL.

Je sais tout, mon père.

M. DE CHIVRI.

Toi, Martial !... Qui te l'a dit ?

MARTIAL.

Elle.

M. DE CHIVRI.

Elle ?... Elle a eu cet infâme courage !

MARTIAL.

Elle a eu en moi cette confiance.

M. DE CHIVRI.

Cette confiance, dis-tu ?

MARTIAL.

Oui; elle m'a dit cet entretien solennel avec notre mère... où votre douleur a refusé d'entendre sa justification... Elle m'a dit comment vous l'aviez repoussée, et pourquoi vous étiez partis.

M. DE CHIVRI.

Et alors, tu es venu pour la venger... Oubliant qu'elle était coupable, tu es venu te joindre à ton père, à tes frères!

MARTIAL.

Oui; mais je ne suis pas venu seul.

M. DE CHIVRI.

Quoi!... Diane!...

MARTIAL.

Elle est ici.

M. DE CHIVRI.

Ici!... elle ici!... Mais que veut-elle, la malheureuse?... Veut-elle que je la maudisse... elle qui m'a déshonoré?

MARTIAL, *avec force.*

C'est que c'est vous qui ne savez pas tout, mon père.

M. DE CHIVRI.

Je sais qu'elle a perdu l'honneur de son nom.

MARTIAL.

Vous ne savez pas que la violence le lui a arraché.

M. DE CHIVRI.

La violence?

MARTIAL.

Oui, mon père, oui; croyez à la parole de votre fils, qui vous l'atteste devant Dieu!... Diane est innocente.

M. DE CHIVRI.

La violence!... Oh! tu ne mens pas?

MARTIAL.

Mon père, oubliez-vous que notre mère a voulu la défendre?

M. DE CHIVRI.

Oui, et j'ai refusé de l'écouter... et la malheureuse Diane...

MARTIAL.

Plus malheureuse que vous ne pensez; car elle n'a pas souffert toutes ses douleurs... elle ne sait pas encore que son noble sacrifice a été inutile.

M. DE CHIVRI.

Que dis-tu? elle ne sait rien; et elle t'attend peut-être!

MARTIAL.

Oui, mon père.

M. DE CHIVRI.

Elle t'attend!... et elle croit peut-être que tu l'abandonnes aussi... Va donc, Martial, va! (*Martial va pour sortir.*) Martial, ne lui dis pas que ses frères sont morts; tu la tuerais!

MARTIAL.

Fasse le ciel qu'un hasard fatal ne le lui ait

pas appris; car je vous l'ai dit, elle voulait mourir déjà.

M. DE CHIVRI.

Et tu es encore là!... Va, cours, dis-lui que je veux qu'elle vive; dis-lui que je lui pardonne... qu'il faut qu'elle m'aide à la venger.

MARTIAL.

Ah! merci pour elle, mon père; j'y cours.

LE DOMESTIQUE, *entrant, bas à Martial.*

Monsieur... mademoiselle votre sœur qu'on vient de ramener.

MARTIAL.

Ma sœur!... enfin!... Qu'elle entre.

Le domestique sort.

M. DE CHIVRI.

Diane!... elle!... Oh! non, non... je ne veux pas la voir.

MARTIAL.

Vous lui avez pardonné.

M. DE CHIVRI.

Ah! plus tard... plus tard; mais pas maintenant.

Il tombe accablé sur un fauteuil. Diane paraît dans le fond.

SCÈNE V.

LES MÊMES, DIANE.

MARTIAL.

Ah! mon père! grâce pour elle!... ne l'accablez pas!... Ce serait la tuer... vous l'avez dit.

DIANE.

Martial!... Martial!... (*S'approchant et reconnaissant son frère.*) Ah! c'est toi enfin!

MARTIAL.

Pauvre sœur!... te voilà!... je t'ai quittée!... pardonne-moi.

DIANE.

Il était absent, je le sais, et tu as été le chercher... Quand tu es revenu, j'étais déjà partie sans doute avec l'homme généreux qui nous sauvera tous.

MARTIAL.

Que dis-tu?

DIANE.

Oui, Martial... c'est le ciel qui m'a inspirée lorsque j'ai voulu venir ici... Je le savais bien, que Léonard Asthon ne voudrait pas le déshonneur de Diane et de sa famille.

MARTIAL, *à part.*

Oh! sa raison s'égare! (*Haut.*) Ma sœur... que veux-tu dire?

DIANE.

Que ce que j'avais prévu est arrivé.

MARTIAL.

Mais quoi donc?... qu'est-il arrivé?

DIANE.

Écoute... Comme tu ne revenais pas, tourmen-
tée de ton absence, craignant que la présence de
Léonard ne t'eût fait oublier tout ce que tu m'a-
vais promis, je me suis fait conduire dans sa
maison.

MARTIAL.

Et tu lui as parlé?

DIANE.

Non pas à lui, mais à un de ses amis, à un de
ses parens, à un homme vénérable, dont l'ame m'a
comprise... et cet homme m'a dit : « Léonard
Asthon sauvera votre honneur; je le jure devant
Dieu ! »

MARTIAL.

Cet homme t'a dit cela ?

DIANE.

Il me l'a dit... oui.

MARTIAL.

Mais cet homme te trompait, malheureuse!

DIANE.

Encore!... encore un mensonge!... Mais c'est
impossible!... Non, sa voix était solennelle et sa
parole sacrée!... non, il ne me trompait pas...
Je l'entendais m'écouter le cœur haletant quand
je lui demandais de sauver mon père et mes
frères... Non, il ne pouvait me tromper; car, lorsque je lui ai dit que c'était ma vie qu'il fallait
prendre, et non pas la leur, ses sanglots étouf-
faient sa voix et déchiraient sa poitrine... Non,
il ne me trompait pas, je le sens... Ah! je sauverai mon père et mes frères... J'en mourrai, je
le sais... et je le lui ai promis, à cet homme...
mais peut-être le pardon de mon père descendra
sur ma tombe... peut-être que, plus heureuse, je
le verrai me bénir sur mon lit de mort!... c'est
ma seule espérance... Ah! si cet homme m'avait
trompée, ce serait horrible!

M. DE CHIVRI, à part.

Oh! la malheureuse enfant!

MARTIAL.

Hélas!... peut-être se trompait-il lui-même...
car ce n'était pas Léonard Asthon, n'est-ce pas?

DIANE.

Non, ce n'était pas lui.

MARTIAL.

C'est qu'alors cet homme ne savait rien.

DIANE.

Il ne savait rien, dis-tu?... Il ne savait rien...
Martial... mon père... où est mon père ?

MARTIAL.

Il vit, lui!

DIANE, avançant au hasard.

Lui ?... Et mes frères, Martial... mes frères ?

Martial se détourne et pleure.

M. DE CHIVRI, s'avançant et d'une voix sourde.

Morts !

DIANE, avec un cri affreux.

Ah ! mon père !... ah !...

Elle s'évanouit.

M. DE CHIVRI.

Ma fille !... Oh! malheur à moi !... je l'ai tuée!

Aidé de Martial, il la place sur un fauteuil.

MARTIAL.

Ma sœur !...

Il lui fait respirer des sels.

M. DE CHIVRI, se mettant à genoux devant Diane.

Ma fille !... Diane !... entends-moi... c'est ton
père !... Je sais tout ; je sais que tu es innocente,
je te pardonne... Elle ne m'entend pas... (Avec
désespoir.) Elle est morte !

MARTIAL.

Non, elle respire encore !... sa main presse la
mienne... Diane !... Diane!

M. DE CHIVRI.

Ma fille !... mon enfant !...

MARTIAL.

Ah! la voilà qui reprend ses sens... Ne lui
faites pas entendre votre voix... son effroi... sa
terreur pourraient l'accabler.

M. DE CHIVRI, bas.

Oui, je me tairai... je me tairai.

DIANE, revenant à elle.

Oh !... qui m'a parlé?... (Son père lui prend la
main.) Qui est là ?... (Elle prend son père, et le
palpe en parcourant son visage des mains.) Mon
père !...

M. DE CHIVRI.

Oui, moi, qui te pardonne... qui te demande
de vivre... qui n'ai plus que deux enfans !... et
qui pleurerai avec vous ceux qui ne sont plus !...
et qui les vengerai maintenant.

DIANE.

Mon père!

M. DE CHIVRI.

Car je sais tout... ce n'est pas seulement le
crime d'un lâche... (Il se lève.) Oh! Léonard Asthon!... Une pauvre fille aveugle, sans défense...
et ce n'est pas même une séduction, c'est une
violence...

DIANE.

Mon Dieu! vous ne voudrez donc jamais que
je meure !...

UN DOMESTIQUE, paraissant en dehors de la porte
du fond.

Un étranger désire voir monsieur de Chivri.

M. DE CHIVRI.

Le procureur du roi, sans doute... Il craint que
son nom ne dise qu'il y a un crime ici... on le
saura bientôt... Martial, emmenez votre sœur...,
vous reviendrez.

DIANE.

Oh! mon père, qu'allez-vous faire?

M. DE CHIVRI.

N'oubliez pas que vous devez venger vos frères,
et que c'est vous qui devez accuser le coupable.

DIANE.

Je publierai donc ma honte !

M. DE CHIVRI.

Souvenez-vous qu'ils se sont sacrifiés pour vous.

DIANE.

Et je me sacrifierai pour eux... je dirai la vérité.

Elle sort appuyée sur le bras de Martial.

M. DE CHIVRI.

Et ce sera la sentence du coupable... (*Il reconduit ses enfans jusqu'au fond, et dit au domestique,
quand ils sont partis :*) Faites entrer.

SCENE VI.

M. DE CHIVRI, LÉONARD ASTHON,
entrant et fermant la porte.

M. DE CHIVRI, *se retournant.*

Léonard Asthon !... Léonard Asthon !

LÉONARD.

Lui-même.

M. DE CHIVRI.

Ici, devant moi ! lui ?... mais c'est impossible !

LÉONARD.

Si je vous avais écrit, auriez-vous lu ma lettre ?

M. DE CHIVRI.

Une lettre de vous !... mais vous êtes fou, monsieur, de me le demander...

LÉONARD.

Vous n'auriez pas lu ma lettre !... il me fallait
donc venir.

M. DE CHIVRI, *cachant sa tête dans ses mains,
puis regardant encore Asthon.*

C'est lui ! c'est bien lui !... il a osé venir !

LÉONARD.

Oui, parce que vous seul devez entendre et savoir ce que j'ai à vous dire.

M. DE CHIVRI.

Ce que vous avez à me dire !... à moi ! à qui
vous avez jeté la honte et le malheur !

LÉONARD.

Vous vous trompez, monsieur le comte ; car il
y a une honte plus affreuse et un malheur plus
irréparable, dont je voudrais vous sauver...

M. DE CHIVRI.

Mais c'est donc parce que tu as tué mes fils,
que tu crois pouvoir venir m'insulter !... Mais je
puis te tuer, moi... je puis te tuer à mon tour...
et Dieu et les hommes m'absoudront...

*Il prend l'épée et s'élance sur lui, Léonard le désarme et
jette l'épée à ses pieds.*

SCENE VII.

LES MÊMES, MARTIAL.

MARTIAL, *paraissant.*

Grand Dieu ! Léonard Asthon !

LÉONARD.

Léonard Asthon, qui vient d'épargner un crime
à votre père.

MARTIAL, *voulant ramasser l'épée.*

Alors, c'est moi qui le commettrai.

LÉONARD, *mettant le pied sur l'épée.*

Laissez cette épée, enfant... elle vous serait
inutile pour m'assassiner, comme elle l'a été à
vos frères pour me combattre...

M. DE CHIVRI, *prenant son fils et l'entraînant loin
de Léonard.*

Mon fils, oh ! n'approche pas cet homme !

LÉONARD.

Osez m'écouter, monsieur le comte, et peut-être
me plaindrez-vous autant que je vous plains.

M. DE CHIVRI.

Infamie !

LÉONARD.

Mais si je n'étais pas coupable...

M. DE CHIVRI.

Lâcheté !... Oh ! Léonard ! j'ignore le mensonge
que tu vas me dire ; mais je sais d'avance que
c'est celui d'un lâche et d'un infâme !

MARTIAL.

Oh ! oui ! d'un lâche et d'un infâme !...

LÉONARD.

Vous pouvez m'insulter tous les deux... Vieillard, tu me cracherais au visage... enfant, tu me
souffletterais comme tes frères, que vous ne m'ar-
racheriez pas une parole ni un geste de colère...

M. DE CHIVRI.

T'insulter ?... oh ! non... c'est te perdre, c'est
te déshonorer que je veux.

LÉONARD.

Monsieur le comte, votre douleur vous égare...
vous oubliez votre fille.

M. DE CHIVRI.

Oui, tu as raison... la honte de ma fille sera
connue... car il faudra que je t'en accuse ; mais
je t'en accuserai...

LÉONARD.

Ah !... prenez garde qu'elle ne tombe que sur
vous.

M. DE CHIVRI.

Tu es venu trop tard ; car je t'en ai accusé.

LÉONARD.

Qu'avez-vous fait ?... ô ciel !

M. DE CHIVRI.

Ah !... tu as peur, maintenant... car l'on saura

que le vertueux Asthon, le brave soldat, dont tout un parti s'honorait, a été mendier un asile chez des femmes, dans le même château où son aïeul est mort en héros ; on saura que tu t'y es lâchement caché, et que tu as payé l'hospitalité par l'infamie, et arraché l'honneur à qui te donnait la vie...

LÉONARD.

Pauvre Diane !... ils ne lui épargneront pas une douleur...

MARTIAL.

Il ose la plaindre...

LÉONARD.

Oh ! oui... la malheureuse ! noble et innocente victime, à qui vous demanderez peut-être compte du sang de ses frères, que vous avez fait verser, vous ! et qui a voulu se sacrifier pour eux ! misérable enfant, que vous traînerez au pied du tribunal pour y raconter son déshonneur, afin de consommer le mien, et que vous seuls aurez perdue !... car on saura sa honte, et le coupable vous échappera.

M. DE CHIVRI, *courant à la porte.*

M'échapper, dis-tu ?... tu voudrais fuir ! Non. Les magistrats sont avertis... Ils vont venir... Tu ne sortiras pas d'ici... tu ne sortiras pas...

LÉONARD.

Vous l'avez voulu ! je les attendrai. Accusé de-vant vous seul, j'étais venu pour me défendre devant vous seul ; accusé devant les magistrats, ce n'est plus que devant les magistrats que je me défendrai... et peut-être vaut-il mieux qu'il en soit ainsi... On eût cherché la cause de ce combat fatal, on eût pu la découvrir... et je ne veux pas même qu'il reste un soupçon sur ce nom d'Asthon, que vous voulez flétrir.

M. DE CHIVRI.

Ah ! misérable ! tu crois à la pitié et à l'amour de ta victime !... non... elle t'accusera !

LÉONARD.

Je le sais.

MARTIAL.

Elle te méprise !

LÉONARD.

Je le sais.

M. DE CHIVRI.

Elle te déshonorera !

LÉONARD.

Nous verrons... Dites-lui, cependant, que Léonard Asthon est venu pour tenir le serment qu'un ami lui avait fait en son nom ; dites-lui qu'il a souffert l'injure et l'outrage pour sauver son honneur d'une honte publique, et que si elle doit subir cette dernière misère, c'est encore vous qui l'aurez voulu.

La toile tombe

ACTE CINQUIEME

LA COUR D'ASSISES.

La cour au fond ; les jurés à gauche du spectateur ; le procureur du roi du même côté, un peu en avant. Au-dessous de lui des siéges. L'accusé en face ; le greffier au fond, au-dessous et en avant de la cour.

SCENE PREMIERE.

LE PRÉSIDENT, LÉONARD, LE PROCU-REUR DU ROI, LES JUGES, LES JURÉS, UN HUISSIER.

LE PRÉSIDENT.

Messieurs, nous venons d'entendre les dépositions de messieurs de Lascy et de Vigneul ; mais nous voudrions savoir quelles conséquences l'accusé prétend en tirer, car ces dépositions sont entièrement étrangères à l'affaire qui nous occupe.

LÉONARD.

Elles prouvent que j'ai été insulté chez moi, par messieurs de Chivri, sans provocation de ma part, sans explication de la leur ; elles prouvent que j'ai été forcé d'accepter un combat dont j'ignorais le motif.

LE PRÉSIDENT.

Vous prétendez que vous l'ignoriez ?

LÉONARD.

J'espère le prouver ; car dans ce malheureux duel, messieurs, c'est moi qui demandais une réparation, je ne la donnais pas.

LE PRÉSIDENT.

Vous aurez à justifier cette prétention, et maintenant, écoutez-moi : on va appeler les témoins qui doivent déposer contre vous ; avant cette solennelle épreuve, je dois vous demander encore si vous persistez dans votre refus de répondre aux questions que je vous ai adressées ?

LÉONARD.

J'y persiste.

LE PRÉSIDENT.

Durant l'instruction de cette affaire, vous avez

toujours refusé toute explication, en disant que vous vous justifieriez devant vos juges; vous êtes en leur présence, il est temps de parler.

LÉONARD.

Pas encore, monsieur le président.

LE PRÉSIDENT.

Songez que ce silence obstiné peut être facilement interprété contre vous.

LÉONARD.

Je le sais.

LE PROCUREUR DU ROI, *avec douceur.*

N'oubliez pas non plus qu'il peut nous autoriser à demander le renvoi de cette cause à une autre session.

LÉONARD.

Cela ne serait pas juste, monsieur; j'attends que toutes les accusations soient portées contre moi pour y répondre; et peut-être, après l'audition des témoins et les explications que je m'engage à donner, trouverez-vous que ma conduite a été ce qu'elle devait être.

LE PRÉSIDENT.

Il suffit! qu'on appelle M. de Chivri.

Un huissier sort.

SCENE II.

LES MÊMES, M. DE CHIVRI.

LE PRÉSIDENT, *à M. de Chivri, qui entre.*
Votre nom?

M. DE CHIVRI.

Georges Bernard, comte de Chivri, pair de France.

LE PRÉSIDENT.

Vous jurez de dire toute la vérité?

M. DE CHIVRI.

Je le jure.

LE PRÉSIDENT

Reconnaissez-vous l'accusé?

M. DE CHIVRI.

Oui, je le reconnais.

LE PRÉSIDENT.

A quelle époque l'avez-vous vu?

M. DE CHIVRI.

Le jour où mes deux fils allèrent lui demander compte de l'honneur de notre nom.

LE PRÉSIDENT.

En quel endroit l'avez-vous vu?

M. DE CHIVRI.

Sur le lieu du combat dans lequel mes deux fils venaient de succomber.

LE PRÉSIDENT.

Vous ne l'aviez jamais vu avant cette époque?

M. DE CHIVRI.

Jamais!

LE PROCUREUR DU ROI.

Je prie messieurs les jurés de se rappeler cette circonstance.

LE PRÉSIDENT.

Monsieur le comte, dites ce que vous savez de l'affaire à MM. les jurés.

M. DE CHIVRI.

J'étais à Paris en 1833, lorsque je reçus de Mᵐᵉ de Kermic, ma belle-mère, une lettre ainsi conçue : « Venez avant que je meure, car j'ai à » vous confier un secret qu'un père seul doit en» tendre. » Mes fils étaient près de moi quand je reçus cette lettre ; ils voulurent m'accompagner; nous partîmes, et nous arrivâmes au milieu de la nuit au château de Kermic. J'entrai chez ma mère, ma fille était près d'elle; ce fut en sa présence que Mᵐᵉ de Kermic me raconta qu'en octobre 1832 elle avait donné asile à un proscrit. Ce proscrit, me dit-elle, a répondu par un crime à mon hospitalité, et votre fille a été sa victime... Je demandai le nom du coupable, on me répondit qu'il se nommait Léonard Asthon.

LE PRÉSIDENT.

Mᵐᵉ de Kermic vous a bien dit Léonard Asthon?

M. DE CHIVRI.

Je le jure! je suis seul à venir témoigner de cette funeste confidence, celle qui me l'a faite a succombé à la douleur qui a frappé sa vieillesse, et les deux fils qui m'accompagnaient sont morts, tués par celui qui m'a déshonoré; mais leur mort est un témoignage sacré de la vérité de ce que je viens de vous révéler.

LE PRÉSIDENT, *après un silence.*
Léonard, qu'avez-vous à dire?

LÉONARD.

Rien, monsieur.

LE PRÉSIDENT.

Vous acceptez donc la déposition du témoin comme véritable?

LÉONARD.

Je crois du moins qu'elle est sincère.

LE PRÉSIDENT.

Vous avouez donc avoir accepté en 1832 un asile chez Mᵐᵉ de Kermic?

LÉONARD.

C'est une question à laquelle il ne m'est pas permis de répondre.

LE PRÉSIDENT, *à M. de Chivri.*

Mais n'avez-vous pas eu connaissance d'une entrevue que votre fille aurait eue avec un ami de Léonard Asthon?

M. DE CHIVRI.

Oui, monsieur; ma fille, dans l'espérance d'obtenir de cet homme la réparation qui lui était due, et de prévenir une funeste rencontre, s'était rendue chez lui; mais il paraît qu'elle n'y trouva qu'un ami de l'accusé, qui lui promit en son nom, de lui rendre l'honneur.

LE PRÉSIDENT.

Pourriez-vous nous dire quelle est la personne qui a reçu votre fille?

M. DE CHIVRI.

Non, monsieur.

LE PRÉSIDENT.

Accusé, connaissez-vous cette personne?

LÉONARD.

Je la connais.

LE PRÉSIDENT

Nommez-la.

LÉONARD.

Je ne puis.

Murmures.

LE PRÉSIDENT.

Vous ne le pouvez, je le comprends; car il vous faudrait renier la parole qu'un homme d'honneur a cru pouvoir donner en votre nom.

LÉONARD.

Vous en jugerez bientôt; mais je demanderai à M. de Chivri si je ne me suis pas présenté chez lui pour la tenir?

M. DE CHIVRI.

Oui, cet homme est venu chez moi le jour même de la mort de mes fils; je ne sais quel mensonge il avait préparé pour me tromper, mais j'ai refusé de l'entendre.

LE PRÉSIDENT.

Qu'on appelle M. Martial de Chivri.

L'huissier sort et rentre bientôt.

LÉONARD.

Pardon, monsieur le président; mais n'a-t-on point retrouvé le témoin Valérien, qui, au dire de l'acte d'accusation, a dû m'introduire chez Mme de Kermic?

LE PRÉSIDENT.

, Vous savez bien qu'on n'a pu le découvrir; vous pourriez peut-être nous dire mieux que personne où il se cache, et pourquoi il se cache; mais l'accusation saura s'en passer.

Pendant ceci, l'huissier a parlé bas au Procureur du roi.

LÉONARD.

Et ma justification aussi, monsieur.

LE PROCUREUR DU ROI.

On m'apprend quelque chose de fort extraordinaire; on n'a pu retrouver M. Martial de Chivri, il est absent.

M. DE CHIVRI.

Mon fils!

LE PROCUREUR DU ROI.

Mlle de Chivri a dit à l'huissier qu'au moment d'entrer dans la salle des témoins, une lettre avait été remise à son frère, que cette lettre avait paru le troubler beaucoup, et que presque aussitôt il l'avait quittée.

LE PRÉSIDENT.

Mais voilà plus de deux heures de cela... N'importe, nous entendrons plus tard ce témoin; qu'on appelle mademoiselle Diane de Chivri.

LÉONARD.

Monsieur le Président, je sais combien peut être pénible pour mademoiselle de Chivri l'interrogatoire qu'elle va avoir à subir... Cependant je désire que tout ce qui peut m'accuser soit précisé dans cette déclaration. (Mouvement.) N'oubliez pas que c'est le droit de ma défense, et que j'ai besoin de savoir enfin... exactement à quoi je vais avoir à répondre...

LE PRÉSIDENT.

Ce n'est pas la cour qui cherchera à étouffer la vérité...

SCENE III

LES MÊMES, DIANE.

LE PRÉSIDENT.

Approchez, mademoiselle, et rassurez-vous... Vous êtes devant un tribunal qui vous doit sa protection et qui vous entoure de son respect... (Silence prolongé.) Votre nom?

DIANE.

Louise Diane de Chivri.

LE PRÉSIDENT.

Vous jurez de dire la vérité?

DIANE.

Je le jure!... (Elle met la main sur son cœur.) Oh! mon Dieu!...

LE PRÉSIDENT.

Donnez un siége au témoin!... (Diane s'assied; Léonard prend un papier et écrit.) Soyez calme, mademoiselle; votre père est près de vous; et, dans cette enceinte, tous les cœurs vous honorent et vous plaignent... Remettez-vous, et veuillez me répondre...

DIANE.

Ah!... je ne puis...

Léonard écrit pendant ce qui suit.

M. DE CHIVRI.

Diane, ma fille... du courage...

DIANE.

Mon père... il me semble que tous ces regards me brûlent.

LE PRÉSIDENT.

Messieurs les jurés, nous accorderons au témoin un moment pour se remettre. (Léonard passe un papier écrit à son avocat, qui l'envoie au président, qui, après l'avoir lu, dit à la cour): Messieurs, l'accusé me fait passer une note dont je dois vous donner connaissance... la voici : « Dé- » sirant épargner à mademoiselle de Chivri le ré-

» cit douloureux qui va lui être demandé, j'ac-
» cepte comme vrais tous les faits tels qu'ils ont
» été établis dans l'acte d'accusation qui vous a
» été lu... Je prie seulement monsieur le prési-
» dent de vouloir bien adresser à mademoiselle de
» Chivri les questions suivantes... » (*Il lit.*) « De-
» mandez-lui si, durant son séjour chez madame
» de Kermic, Léonard Asthon a jamais passé des
» journées entières hors du pavillon?... ou s'il
» s'est jamais plaint à cette époque d'une blessure
» récente ? »

DIANE.

Jamais !...

LE PROCUREUR DU ROI.

Avant d'aller plus loin... j'inviterai l'accusé à
adresser lui-même ces questions au témoin... (*Léonard se tait.*) Vous vous taisez, monsieur...

Murmures.

LE PRÉSIDENT.

N'importe, messieurs, que l'accusé veuille ou
ne veuille pas répondre, nous jugerons cette cause.
Ce serait un moyen trop facile d'échapper à la loi...
Mais je dois vous donner connaissance de la dernière question qu'il prétend faire adresser au témoin... (*Murmures, puis silence.*) C'est, de sa
part, une dérision insultante... mais je vous dois
tout ce qui peut vous éclairer... Voici cette question : « Demandez au témoin si elle reconnaît
» l'accusé ? »

DIANE, *se cachant la tête.*

Ah! mon Dieu!... mon Dieu!...

M. DE CHIVRI.

Ah! je vous jure, moi, que s'il parlait elle le
reconnaîtrait entre tous.

LE PRÉSIDENT.

Mademoiselle, si l'accusé parlait... le recon-
naîtriez-vous ?

DIANE.

Oui, je le reconnaîtrais s'il parlait...

LE PRÉSIDENT, *après un silence et sévèrement.*

Léonard, sans doute que maintenant, comme
tout-à-l'heure... vous n'avez rien à dire... vous
refusez de répondre...

LÉONARD, *se levant.*

Vous vous trompez, monsieur le président...
il est temps que je parle... et que je me justi-
fie...

DIANE, *avec un cri.*

Qui a parlé, mon Dieu?... qui a parlé?

LE PRÉSIDENT.

L'accusé !

DIANE.

Quel accusé?...

LE PRÉSIDENT.

Léonard Asthon!...

DIANE.

Léonard Asthon... mais ce n'est pas lui!...

Mouvement général dans l'auditoire.

M. DE CHIVRI.

Ma fille!...

DIANE.

Non, ce n'est pas lui!... C'est la voix de cet inconnu qui m'a promis que Léonard me rendrait
l'honneur.

LE PRÉSIDENT.

Mais alors cet inconnu est encore Léonard
Asthon!...

DIANE.

Non, ce n'est pas lui... ce n'est pas lui...

LÉONARD.

Non, ce n'est pas moi qui vous aurais déshonorée et abandonnée... cependant... je suis Léonard Asthon.

DIANE.

Mais... écoutez donc!... Vous entendez bien
que ce n'est pas lui...

M. DE CHIVRI.

Diane!... Diane!... reviens à la raison... rap-
pelle-toi cette voix... reconnais le coupable...
Ah!... parlez!... parlez donc, qu'elle vous recon-
naisse...

DIANE.

Mais ce n'est pas lui... ce n'est pas lui, mon
Dieu!...

Martial paraît.

SCENE IV.

LES MÊMES, MARTIAL.

MARTIAL.

Elle a raison... et j'ai reçu trop tard cette affreuse révélation... Non, ce n'est pas Léonard
Asthon...

M. DE CHIVRI.

Mais si ce n'est pas lui... quel est donc le coupable?

LÉONARD.

Dieu seul le sait peut-être!... mais j'avais à
cœur de prouver devant tous mon innocence...
Depuis que l'instruction de cette affaire est com-
mencée j'aurais pu me défendre et me justifier...
mais, si ce qui vient de se passer devant tous avait
été renfermé dans le cabinet d'un magistrat, on
aurait pu dire que l'infortunée dont le cri de vérité vient de se faire entendre... avait cédé à une
fatale passion ou à des craintes honteuses... en
feignant de ne pas me reconnaître... et je serais
sorti libre de cette accusation, mais avec une flé-
trissure sur l'honneur de mon nom...

M. DE CHIVRI.

Ah!... vous devez en être fier... car il nous
coûte bien cher, monsieur.

LE PRÉSIDENT.

Messieurs, il faut mettre un terme à ces douloureux débats.

LÉONARD.

Un moment encore, monsieur le président, je n'ai pas tout dit... Écoutez-moi, je vous prie... écoutez-moi tous... (*Il quitte le banc des accusés, et s'approche de M. de Chivri.*) Monsieur, une fatale erreur vous a privé de vos fils; mais, devant Dieu et devant les hommes, je suis innocent de leur mort... et, cependant, avec la douleur de leur perte, on vous a laissé une fille déshonorée.

DIANE.

Mon Dieu!... grâce... grâce!...

LÉONARD.

Déshonorée, ai-je dit?... Non, elle ne l'est pas... et peut-être fallait-il ce débat solennel pour que chacun eût dans le cœur la pensée que j'ai dans le mien... c'est que jamais malheur ne fut plus sacré, jamais innocence plus pure... jamais vertu plus sainte.

DIANE.

Oh! épargnez-moi votre pitié, monsieur... Épargnez-moi, et j'oublierai ce que vous m'aviez promis...

M. DE CHIVRI.

Oh! il m'a promis à moi que cette honte ne retomberait que sur nous... et il a tenu sa parole.

LÉONARD.

Non, monsieur... car en échange de votre sang, que j'ai versé innocemment, je vous offre de réparer l'outrage que je ne vous ai pas fait...

M. DE CHIVRI.

Que voulez-vous dire?

DIANE.

O Martial!... l'ai-je bien entendu?...

LÉONARD.

Mademoiselle... c'est parce que je vous respecte plus dans votre malheur que d'autres dans leur innocence... que je vous offre ce nom d'Asthon, que j'ai voulu rendre plus pur... pour qu'il fût plus digne de vous... Diane, à l'heure où il vous plaira de me tendre la main, vous trouverez celle sur laquelle je vous ai dit de vous appuyer sans crainte qu'elle vous manque... et si la honte vous a fait courber le front... le nom d'Asthon vous permettra de le relever..

DIANE.

Ah!... toi qui vois, Martial... dis-moi, il doit être beau, n'est-ce pas?

M. DE CHIVRI.

C'est assez, monsieur... assez!... jamais le meurtrier de mes fils ne peut prendre une place...

DIANE, *à Martial, qui est près de Léonard.*

Martial!... si Dieu lui inspire d'accomplir cette noble pensée, rappelle-lui ce que je lui ai promis... La chaîne que je lui imposerai ne sera pas longue... Je lui ai juré de mourir bientôt...

LÉONARD.

Vous vivrez pour être heureuse... respectée...

M. DE CHIVRI.

Vous vous trompez, monsieur... elle vivra... mais pour pleurer avec moi... Viens, ma fille...

DIANE.

Ah!... c'est ce noble cœur que j'avais aimé...

LÉONARD, *à Martial.*

Quoi que décide votre père, monsieur... il me reste encore un fatal devoir à remplir.

MARTIAL.

Vous n'en avez plus...

LÉONARD.

Il me reste un nom à apprendre...

MARTIAL.

Il y a deux heures que son complice me l'a appris... (*Il ouvre son habit.*) Voyez...

LÉONARD.

Blessé!... et lui...

MARTIAL.

Mort!... Et, maintenant, laissez à la douleur d'un père le temps d'être juste... mais, je vous le jure, moi, vous qui voulez rendre l'honneur à ma sœur, vous serez mon frère!

LÉONARD, *lui prenant la main.*

Merci!...

FIN.

PARIS.—IMPRIMERIE DE V DONDEY-DUPRÉ,
rue Saint-Louis, 46, au Marais.